Boeken van Gabriel García Márquez

Het kwade uur. Roman
Honderd jaar eenzaamheid. Roman
De kolonel krijgt nooit post. Roman
Afval en dorre bladeren. Roman
De uitvaart van Mamá Grande. Verhalen
*De ongelooflijke maar droevige geschiedenis van de
onschuldige Eréndira en haar harteloze grootmoeder.*
Verhalen
Verhaal van een schipbreukeling
De herfst van de patriarch. Roman
Toen ik nog gelukkig was en ongedocumenteerd.
Reportages
Ogen van een blauwe hond. Verhalen
Kroniek van een aangekondigde dood. Roman
De geur van guave. Gesprekken met
Plinio Apuleyo Mendoza

Meulenhoff Pocket Editie

Gabriel García Márquez
Het kwade uur
Roman

Meulenhoff Amsterdam

Eerste druk, in Meulenhoff Editie, 1967
Tweede druk 1975
Derde druk 1977
Vierde druk 1981
Vijfde druk 1982
Zesde druk, in Meulenhoff Pocket Editie, 1983
Vertaling Jean A. Schalekamp
Oorspronkelijke titel *La mala hora*
Copyright © 1962 by Gabriel García Márquez
Copyright Nederlandse vertaling © 1967 by
Jean A. Schalekamp and
Meulenhoff Nederland bv, Amsterdam

ISBN 90 290 1583 7

Pater Angel richtte zich met een indrukwekkende krachtsinspanning op. Hij wreef met de knokkels van zijn handen over zijn oogleden, schoof het gebreide muskietennet opzij en bleef een ogenblik peinzend op de kale vloermat zitten. Hij had dat ogenblikje absoluut nodig om zich ervan te vergewissen dat hij leefde, en om zich de datum en de daarmee korresponderende heilige te herinneren. 'Dinsdag vier oktober,' dacht hij; en hij fluisterde: 'Heilige Franciscus van Assisi.'

Hij kleedde zich aan zonder zich te wassen en zonder te bidden. Hij was groot, volbloedig, met het rustige gezicht van een tamme os, en hij bewoog zich ook als een os, met zware, trieste gebaren. Nadat hij de knopenrij van zijn soutane in orde had gemaakt met de trage, aandachtige vingerbewegingen waarmee men de snaren van een harp stemt trok hij de houten grendel weg en opende de deur van de patio. De nardussen in de regen deden hem aan de woorden van een liedje denken:

'De zee zal zwellen door mijn tranen,' zuchtte hij.

De slaapkamer stond in verbinding met de kerk door een binnengalerij die omzoomd was met bloempotten, en geplaveid met losliggende bakstenen waartussen het onkruid van oktober begon te groeien. Voordat hij zich naar de kerk begaf, ging pater Angel het gemak binnen. Hij waterde overvloedig en hield zijn adem in om de sterke ammoniaklucht niet te ruiken, die de tranen in zijn ogen deed springen. Daarna liep hij de gang in, herinnerde zich: 'Voert dit bootje mij mee naar jouw droom.' In de nauwe ingang van de kerk rook hij voor het laatst de lucht van de nardussen.

Binnen stonk het. Het was een groot schip, ook met losse bakstenen geplaveid, en met maar één deur die op het plein uitkwam. Pater Angel liep regelrecht naar het onderstuk van de toren. Hij zag de gewichten van de klok meer dan een meter boven zijn hoofd hangen en dacht dat hij nog wel voldoende opgewonden was om een week te kunnen lopen. De muggen vielen hem aan. Met een harde klap sloeg hij er een plat in zijn nek en veegde aan het klokketouw zijn hand af. Toen hoorde hij, boven zich, het rommelend geluid van het ingewikkelde mechanische raderwerk, en onmiddellijk daarna— dof en diep—binnen in zijn buik de vijf klokkeslagen van vijf uur.

Hij wachtte tot het einde van de laatste nagalm. Vervolgens greep hij met beide handen het touw vast, rolde het om zijn pols en liet met een dringende overtuiging het gebarsten brons van de klokken klinken. Hij was al ééenenzestig jaar. Het luiden van de klokken was een veel te zwaar werk voor zijn leeftijd, maar hij had zijn schapen altijd zelf tot de mis opgeroepen, en het was een krachtsinspanning die hem geestelijk sterkte.

Trinidad duwde de straatdeur open terwijl de klokken nog luidden en begaf zich naar de hoek waar ze de vorige avond de muizenvallen had gezet. Ze trof er iets aan dat haar weerzin inboezemde maar tegelijk genoegen deed: een kleine slachting.

Ze opende de eerste val, haalde de muis er met duim en wijsvinger bij de staart uit en gooide hem in een kartonnen doos. Pater Angel had zojuist de deur naar het plein geopend.

'Goedemorgen, pater,' zei Trinidad.

Hij merkte haar prachtige baritonstem niet op. Het verlaten plein, de in de regen slapende amandelbomen, het roerloze dorp in de troosteloze oktobermorgen bezorgden hem een gevoel van hulpeloosheid. Maar toen hij eenmaal aan het geluid van de regen gewend was hoorde hij, aan het eind van het plein, helder en een beetje onwezenlijk, de klarinet van Pastor. Toen pas beantwoordde hij de morgengroet.

'Pastor was niet bij de serenade,' zei hij.

'Neen,' bevestigde Trinidad. Ze trok de doos met de dode muizen naar zich toe. 'Er waren alleen gitaren.'

'Ze zijn wel zo'n uur of twee met een idioot liedje bezig geweest,' zei de pater. ''De zee zal zwellen door mijn tranen'. Was het niet zoiets?'

'Dat is het nieuwe liedje van Pastor,' zei ze.

De pater, die onbeweeglijk voor de deur stond, onderging

een onweerstaanbare bekoring. Al zoveel jaren had hij de klarinet van Pastor gehoord, die twee huizenblokken van hier, elke dag om vijf uur 's morgens zat te oefenen, met zijn krukje achterover tegen de grote gaffel van zijn duiventil geleund. Dit was het met uiterste precisie funktionerende mechanisme van het dorp: eerst de vijf klokslagen van vijf uur; daarna het eerste gelui voor de mis en vervolgens, op de binnenplaats van zijn huis, de klarinet van Pastor die met klare, duidelijke tonen de lucht zuiverde, die zwaar van duivesmeer was.

'De muziek is wel goed,' zei de pater, 'maar de tekst is idioot. Of je de woorden nu van links naar rechts of omgekeerd leest het blijft precies gelijk: 'Voert deze droom mij mee naar jouw bootje'.'

Hij draaide zich om, glimlachend om zijn eigen vondst en ging de kaarsen van het altaar aansteken. Trinidad volgde hem. Ze droeg een lang wit schort met mouwen die tot haar polsen reikten, en de blauwzijden sjerp van een lekencongregatie. Haar ogen waren diepzwart onder de elkaar haast rakende wenkbrauwen.

'Ze zijn de hele avond hier in de buurt geweest,' zei de pater.

'In het huis van Margot Ramírez,' zei Trinidad, afwezig, en ze rammelde met de dode muizen in de doos. 'Maar gisteravond is er nog iets beters geweest dan de serenade.'

De pater bleef staan en richtte zijn stilblauwe ogen op haar. 'Wat dan?'

'Schotschriften,' zei Trinidad. En ze liet een nerveus lachje horen.

Drie huizen verder lag César Montero van olifanten te dromen. Hij had ze zondag in de bioskoop gezien. Een half uur voor het einde was het begonnen te stortregenen en nu zette de film zich in zijn droom voort.

César Montero draaide het hele monumentale gewicht van zijn lichaam naar de muur, terwijl de verschrikte inlanders voor de kudde olifanten uit vluchtten. Zijn echtgenote stootte hem zachtjes aan, maar geen van beiden werd wakker. 'We gaan,' mompelde hij, en nam zijn oorspronkelijke houding weer in. Toen pas werd hij wakker. Op dat ogenblik klonk het tweede klokgelui voor de mis.

Het was een kamer met grote, door ijzerdraad afgesloten ruimten. Het venster, dat op het plein uitzag en ook met ijzerdraad afgesloten was, had een kretonnen gordijn met gele bloemen. Op het nachtkastje stonden een draagbare radio, een lamp en een klokje met lichtgevende wijzerplaat. Aan de andere kant, tegen de muur, stond een reusachtige kast met spiegeldeuren. Terwijl hij zijn rijlaarzen aantrok begon het geluid van Pastors klarinet tot César Montero door te dringen. De veters, van onbewerkt leer, waren hard geworden door de modder. Hij trok ze krachtig aan, liet ze door zijn gesloten hand glijden, die nog ruwer was dan het leer van de veters. Hierna zocht hij de sporen, maar vond ze niet onder het bed. Hij kleedde zich verder aan in het schemerdonker, probeerde geen lawaai te maken om zijn vrouw niet te wekken. Terwijl hij zijn hemd dichtknoopte keek hij naar het klokje op het nachttafeltje en zocht opnieuw onder het bed naar de sporen. Eerst zocht hij ze met zijn handen. Langzamerhand kroop hij op handen en voeten en begon onder het bed te tasten. Zijn vrouw werd wakker.

'Wat zoek je?'

'De sporen.'

'Die hangen achter de kast,' zei ze. 'Je hebt ze er zaterdag zelf opgehangen.'

Ze schoof het muskietennet opzij en stak het licht aan. Hij richtte zich beschaamd op. Hij was monumentaal, met stevige, vierkante schouders, maar zijn bewegingen waren lenig, zelfs met rijlaarzen aan, waarvan de zoolranden op houten latten leken. Hij had een enigszins barbaarse gezondheid. Zijn leeftijd scheen moeilijk te bepalen, maar aan de huid van zijn hals was wel te zien dat hij de vijftig gepasseerd was. Hij ging op de rand van het bed zitten om de sporen te bevestigen.

'Het regent nog,' zei ze, want ze voelde dat haar nog jonge botten de vochtigheid van de nacht in zich opgezogen hadden. 'Ik voel me net een spons.'

8

Ze was klein, benig, met een grote, scherpe neus, en bezat het vermogen er nog niet helemaal wakker uit te zien. Ze probeerde door het gordijn heen naar de regen te kijken. Hij had zojuist de sporen vastgegespt, stond nu op en liep verscheidene malen fier met de hakken stampend door het vertrek. Het huis trilde onder het geweld van de koperen sporen.

'De tijger wordt in oktober dik,' zei hij.

Maar zijn vrouw hoorde hem niet, ze was geheel in vervoering door het melodietje van Pastor. Toen ze weer naar hem keek stond hij zich voor de spiegelkast te kammen, met zijn benen wijd uiteen en zijn hoofd omlaaggebogen, anders paste hij niet in de spiegels.

Met zachte stem zong ze het wijsje van Pastor mee.

'Dat liedje zijn ze de hele nacht al aan het raspen geweest,' zei hij.

'Het is erg mooi,' zei ze.

Ze maakte een lint van het hoofdeinde van het bed los, bond haar haren in haar nek bij elkaar en zuchtte, nu geheel wakker: 'In jouw droom zal ik blijven tot mijn dood.' Hij schonk er geen aandacht aan. Uit een laatje in de kast, waar ook nog wat sieraden, een klein dameshorloge en een vulpen in lagen, nam hij een portefeuille met geld. Hij haalde er vier bankbiljetten uit en legde de portefeuille weer op zijn plaats. Vervolgens liet hij zes jachtgeweerpatronen in de zak van zijn hemd glijden.

'Als het blijft regenen kom ik zaterdag niet,' zei hij.

Toen hij de deur van de patio geopend had bleef hij een ogenblik op de drempel staan en snoof de zwaarmoedige oktobergeur op terwijl zijn ogen aan de duisternis wenden. Hij wilde net de deur weer dichtdoen toen in de slaapkamer de wekker begon te rinkelen.

Zijn vrouw sprong uit het bed. Hij bleef besluiteloos met zijn hand op de klopper staan, tot ze de wekker tot zwijgen bracht. Toen keek hij haar voor de eerste keer aan, peinzend.

'Vannacht heb ik van de olifanten gedroomd,' zei hij. Daarna sloot hij de deur achter zich en zadelde het muildier.

Vóór het derde klokgelui begon het nog harder te regenen.

Een lage wind ontrukte de amandelbomen van het plein hun laatste verrotte bladeren. De straatlantaarns doofden uit terwijl de huizen nog gesloten bleven. César Montero leidde het muildier in de keuken en zonder af te stijgen schreeuwde hij zijn vrouw toe hem de regenjas aan te geven. Hij nam het dubbelloops jachtgeweer dat hij schuin over de schouder droeg af en bond het horizontaal aan de zadelriemen vast. Zijn vrouw kwam de keuken binnen met de regenjas.

'Wacht liever tot het droog wordt,' zei ze zonder veel overtuiging.

Zwijgend trok hij de regenjas aan. Toen keek hij naar de patio.

'Voor december wordt het niet meer droog.'

Ze keek hem na tot het andere uiteinde van de gang. De regen viel loodrecht op de verroeste golfplaten van het dak, maar hij ging. Terwijl hij het muildier de sporen gaf, moest hij zich diep bukken in het zadel om niet met zijn hoofd tegen de dwarsbalk van de deur te stoten, toen hij naar de patio reed. De druppels van de lage dakrand spatten als jachthagel op zijn schouders uiteen. Vanuit de buitenpoort riep hij zonder zijn hoofd om te draaien:

'Tot zaterdag.'

'Tot zaterdag,' zei ze.

De enige deur op het plein die open stond was die van de kerk. César Montero keek omhoog en zag de zware, lage lucht die maar enkele meters boven zijn hoofd hing. Hij sloeg een kruis, gaf het muildier de sporen en liet het beest verscheidene malen op zijn achterpoten ronddraaien, tot het stevig op de grond stond, die glad als zeep was. Toen pas zag hij het stuk papier dat op de deur van zijn huis was geplakt.

Hij las het zonder af te stijgen. Het regenwater had de kleur ervan opgelost, maar de met een penseel in grove drukletters geschreven tekst bleef leesbaar. César Montero bond het muildier aan de muur vast, trok het papier af en verscheurde het tot kleine snippers.

Met een ruk aan de teugels legde hij het muildier een kort, gelijkmatig drafje op, dat het dier urenlang kon volhouden.

Hij verliet het plein via een nauwe, bochtige straat met huizen waarvan de muren van leem waren en de deuren, als ze opengingen, de warme as van de slaap vrijlieten. Hij rook de geur van koffie. Pas toen hij de laatste huizen van het dorp achter zich had liet hij het muildier rechtsomkeert maken, en met hetzelfde korte, gelijkmatige drafje keerde hij naar het plein terug en hield stil voor het huis van Pastor. Daar steeg hij af, pakte het jachtgeweer en bond het muildier aan de gaffelvormige paal vast, waarbij hij alles op zijn tijd deed.

Er zat geen sluitbalk op de deur, die aan de onderkant door een reuzengrendel afgesloten werd. César Montero liep de kleine, schemerige salon binnen. Hij hoorde een schelle toon en vervolgens een afwachtende stilte. Hij liep langs de vier stoelen, netjes rondom een tafeltje geplaatst, waarop een wollen tafelkleedje lag en een vaas met kunstbloemen stond. Tenslotte bleef hij voor de deur van de patio staan, gooide de capuchon van zijn regenjas naar achteren, verplaatste op de tast de veiligheidspal van het jachtgeweer en riep met kalme, bijna vriendelijke stem:

'Pastor.'

Pastor verscheen in de deuropening, bezig het mondstuk van de klarinet los te schroeven. Hij was een magere, kaarsrechte jongen met een pasbeginnend, met de schaar bijgeknipt donsbaardje. Toen hij César Montero met zijn hakken stevig op de lemen vloer zag staan en het jachtgeweer ter hoogte van de broekriem op hem gericht, opende Pastor zijn mond. Maar hij zei niets. Hij werd bleek en glimlachte. César Montero drukte eerst zijn hakken in de grond, vervolgens de kolf van het geweer met zijn elleboog tegen zijn heup; hierna drukte hij zijn tanden op elkaar en haalde op hetzelfde ogenblik de trekker over. Het huis beefde van de knal, maar César Montero wist niet of het voor of na de schok was dat hij Pastor zich aan de andere kant van de deur met de golvende beweging van een rups over een spoor van minuskule, bloederige veertjes zag voortslepen.

De burgemeester sliep net in toen het schot viel. Hij had drie slapeloze nachten doorgebracht, gekweld door kiespijn. Die morgen, bij het eerste klokgelui, nam hij het achtste pijnstillende middel. De pijn week. Het geratel van de regen op het zinken dak vergemakkelijkte het inslapen, maar de kies bleef zonder pijn doorkloppen terwijl hij sliep. Toen hij het schot hoorde, werd hij met een schok wakker en greep de patroonband met de revolver, die hij altijd op een stoel naast de hangmat had liggen, binnen bereik van zijn linkerhand. Maar toen hij alleen maar het geluid van de regen hoorde, dacht hij dat het een nachtmerrie geweest was en weer begon hij de pijn te voelen.

Hij had een beetje koorts. In de spiegel zag hij dat zijn wang begon op te zwellen. Hij maakte een doosje mentolvaseline open en wreef de pijnlijke plek in, die strak en ongeschoren was. Plotseling hoorde hij, door het geluid van de regen heen, een geroezemoes van verre stemmen. Hij liep naar het balkon. De bewoners van de straat, sommigen nog in hun nachtgoed, holden naar het plein. Een jongen draaide zijn hoofd naar hem om, hief zijn armen op en riep, zonder stil te houden:

'César Montero heeft Pastor doodgeschoten.'

Op het plein liep César Montero in een kringetje rond, het jachtgeweer op de menigte gericht. De burgemeester kon hem met moeite herkennen. Hij trok de revolver uit het foedraal en liep naar het midden van het plein. De mensen gingen voor hem opzij. Uit de biljartzaal kwam een politieagent met het geweer in de aanslag, en mikte op César Montero. De burgemeester fluisterde hem toe: 'Niet schieten, sufferd.' Hij stopte de revolver weer in het foedraal, nam de agent zijn geweer af en liep verder naar het midden van het plein, met het wapen schietklaar. De menigte verdrong zich tegen de muren.

'César Montero,' riep de burgemeester, 'geef me dat geweer.'

César Montero had hem tot op dat moment nog niet gezien. Met een sprongetje draaide hij zich naar hem om. De burgemeester drukte met zijn vinger op de trekker, maar schoot niet.

'Kom het maar halen,' riep César Montero.

De burgemeester hield het geweer met zijn linkerhand vast,

en veegde met de rechter zijn oogleden droog, terwijl hij pas voor pas afmat. Zijn vinger bleef om de trekker geklemd; zijn ogen strak op César Montero gericht. Plotseling bleef hij staan en sprak op hartelijke toon:

'Gooi dat geweer op de grond, César. En schiet niet meer.'

César Montero begon achteruit te lopen. De burgemeester klemde nog altijd zijn vinger om de trekker. Geen enkele spier in zijn lichaam bewoog, totdat César Montero het jachtgeweer liet zakken en het op de grond liet vallen. Toen pas merkte de burgemeester dat hij maar nauwelijks gekleed was, met alleen zijn pyjamabroek aan, dat hij zweette in de regen en dat zijn kies geen pijn meer deed.

De huizen gingen open. Twee politieagenten, gewapend met geweren, holden naar het midden van het plein. De menigte holde hen achterna. De agenten keerden zich plotseling om en schreeuwden met hun geweren in de aanslag:

'Terug.'

De burgemeester riep met kalme stem, zonder iemand aan te kijken:

'Ontruimt het plein.'

De menigte verspreidde zich. De burgemeester fouilleerde César Montero zonder hem zijn regenjas uit te laten trekken. In de zak van zijn hemd vond hij vier patronen, en in de achterzak van de broek een zakmes met hoornen heft. In zijn andere broekzak vond hij een aantekenboekje, een sleutelring met drie sleutels en vier bankbiljetten van honderd pesos. César Montero liet zich fouilleren, onaandoenlijk, met uitgespreide armen, zijn lichaam nauwelijks bewegend om de operatie te vergemakkelijken. Toen hij klaar was, riep de burgemeester de beide agenten, gaf ze de voorwerpen die hij gevonden had en vertrouwde hun César Montero toe.

'Breng hem naar de tweede verdieping van het gemeentehuis,' beval hij. 'Jullie staan voor hem in.'

César Montero trok zijn regenjas uit. Hij gaf hem aan een van de agenten en liep tussen hen in, onverschillig voor de regen en de verslagenheid van de op het plein verzamelde mensen. De burgemeester keek hem peinzend na. Daarna wendde hij zich tot de menigte, maakte een gebaar alsof hij kippen op-joeg en schreeuwde:

'Ga weg!'

Terwijl hij met zijn blote arm zijn gezicht afveegde stak hij het plein over en ging het huis van Pastor binnen.

Hij moest zich een weg door het gedrang banen. Op een stoel ineengezakt lag de moeder van Pastor, temidden van een groep vrouwen die haar met een meedogenloze ijver koelte toewaaierden. De burgemeester duwde een van de vrouwen opzij. 'Geef haar lucht,' zei hij. De vrouw richtte zich tot hem.

'Ze was net naar de mis gegaan,' zei ze.

'Goed,' zei de burgemeester, ' laat haar nu ademhalen.'

Pastor lag in de gang, met zijn gezicht tegen de duiventil aan, op een bed van bebloede veertjes. Er hing een verschrik-kelijke stank van duivestront. Een groepje mannen probeer-de juist het lichaam op te tillen toen de burgemeester in de deuropening verscheen.

'Ga weg jullie,' zei hij.

De mannen legden het lijk weer op de veren, in dezelfde houding als waarin ze het hadden aangetroffen, en trokken zich zwijgend terug. Nadat hij het lichaam onderzocht had draaide de burgemeester het om. Minuskule veertjes vlogen uiteen. Ter hoogte van de broekriem zaten meer veren aan het nog warme en levende bloed vastgeplakt. Hij verwijderde ze met zijn handen. Het hemd was kapot en de gesp van de riem vernield. Onder het hemd zag hij de ingewanden open en bloot liggen. De wond bloedde niet meer.

'Het was met een jachtgeweer om tijgers te doden,' zei een van de mannen.

De burgemeester richtte zich op. Hij veegde de bloederige veren van zich af aan een uitsteeksel van de duiventil, nog al-tijd naar het lijk kijkend. Toen hij zijn hand aan zijn pyjama-broek had afgeveegd, zei hij tegen het groepje:

'Pas op dat hij hier niet vandaan komt.'

'Dus u laat hem zo liggen,' zei een van de mannen.

'Het lijk moet eerst door de justitie vrijgegeven worden,' zei de burgemeester.

In het huis begon het geweeklaag van de vrouwen. De burgemeester baande zich een weg tussen de kreten en de verstikkende geuren door, die de lucht in de kamer schaars deden worden. In de straatdeur kwam hij pater Angel tegen.

'Hij is dood,' riep de pater verslagen uit.

'Als een zwijn,' antwoordde de burgemeester.

Alle huizen om het plein heen hadden zich geopend. Het regende niet meer maar de zwaarbewolkte hemel zweefde vlak boven de daken, zonder ook maar één kiertje voor de zon. Pater Angel hield de burgemeester bij zijn arm tegen.

'César Montero is een brave kerel,' zei hij, 'het moet in een moment van verwarring gebeurd zijn.'

'Ja, ik weet het al,' zei de burgemeester ongeduldig. 'Maakt u zich maar geen zorgen, pater, er zal hem niets gebeuren. Ga hier maar binnen, hier hebben ze u nodig.'

Hij verwijderde zich met een zekere heftigheid en gaf de agenten bevel de bewaking op te heffen. De menigte, tot dan toe op een afstand gehouden, stormde naar het huis van Pastor toe. De burgemeester ging de biljartzaal binnen, waar een politieagent met een bundeltje schoon goed op hem stond te wachten: zijn luitenantsuniform.

Gewoonlijk was het café op dit uur van de dag nog niet open. Maar op die dag, voor zevenen, was het vol. Rondom het vierpersoonstafeltje, of met hun rug tegen de bar aan geleund, zaten of stonden enkele mannen koffie te drinken.

De meesten waren nog in pyjama en pantoffels. De burgemeester kleedde zich in aanwezigheid van allen uit, droogde zich half af met zijn pyjamabroek en begon zich zwijgend aan te kleden, intussen scherp op de verschillende kommentaren lettend. Toen hij de zaal verliet, was hij volkomen op de hoogte van de details van het voorval.

'Pas op jullie,' schreeuwde hij vanuit de deur, 'wie wanordelijkheden veroorzaakt stop ik in de cel.'

Hij liep de geplaveide straat af, zonder iemand te groeten, maar merkte wel de opwinding op die in het dorp heerste. Hij was jong, bewoog zich gemakkelijk, en iedere stap gaf blijk van de vaste wil zich te laten gelden.

15

Om zeven uur gaven de boten, die driemaal per week vracht en passagiers vervoerden, een stoot op de fluit en verlieten de kade zonder dat iemand er, in tegenstelling tot andere dagen, ook maar enige aandacht aan besteedde. De burgemeester liep door de galerij waar de syrische handelaars hun kleurige koopwaar uit begonnen te stallen. Dokter Octavio Giraldo, een arts zonder leeftijd en met een hoofd vol glimmende krulletjes, zag vanuit de deur van zijn spreekkamer de boten de rivier afvaren. Ook hij was nog in pyjamajasje en pantoffels.

'Dokter,' zei de burgemeester, 'u moet u aankleden om de lijkschouwing te doen.'

De dokter keek hem bevreemd aan. Hij ontblootte een lange rij witte, stevige tanden. 'Zo zo, dus nu gaan we al lijkschouwingen doen,' zei hij, en hij voegde er aan toe:

'Dat is natuurlijk een hele vooruitgang.'

De burgemeester probeerde te glimlachen, maar kon niet door zijn pijnlijke wang. Hij hield zijn hand voor zijn mond.

'Wat hebt u?' vroeg de dokter.

'Zo'n verdomde kies.'

Dokter Giraldo scheen wel zin te hebben in een praatje. Maar de burgemeester had haast.

Aan het eind van de kade klopte hij op de deur van een huis met wanden van ruwe, niet met leem bestreken bamboe en een dak van palmriet dat haast tot in het water afdaalde. De deur werd opengedaan door een vrouw met een groenachtige huid, die zeven maanden zwanger was. Ze liep op blote voeten. De burgemeester duwde haar opzij en ging de kleine schemerdonkere salon binnen.

'Rechter,' riep hij.

Rechter Arcadio verscheen in de opening van de binnendeur, sloffend met zijn klompschoenen. Hij droeg een gekeperde broek zonder riem, onder de navel opgehouden, en zijn bovenlijf was bloot.

'Maak u klaar voor het gerechtelijk onderzoek van het lijk,' zei de burgemeester.

Rechter Arcadio floot verbijsterd tussen zijn tanden.

'Waar hebt u dat fantastische romanverhaal vandaan?'

De burgemeester volgde hem op een afstandje naar de slaapkamer. 'Dit is wat anders,' zei hij, terwijl hij het raam openggooide om de lucht, die zwaar was van slaap, te zuiveren. 'Het is altijd beter iets goed te doen.' Hij veegde het stof van zijn handen af aan zijn geperste broek en vroeg zonder ook maar het geringste blijk van sarkasme:

'Weet u hoe het vrijgeven van een lijk precies in zijn werk gaat?'

'Allicht,' zei de rechter.

De burgemeester stond voor het raam zijn handen te bekijken.

'Roep uw sekretaris voor al het schrijfwerk,' zei hij, opnieuw zonder enige boosaardigheid. Toen wendde hij zich tot het meisje, hield haar zijn handpalmen voor. Er zaten bloedsporen op.

'Waar kan ik me wassen?'

'In de wasbak,' zei ze.

De burgemeester liep naar de binnenplaats. Het meisje zocht in de grote koffer naar een schone handdoek en wikkelde die om een stuk toiletzeep.

Ze kwam op de binnenplaats op het moment waarop de burgemeester, zijn handen uitschuddend, weer naar de slaapkamer terugliep.

'Ik kwam u net de zeep brengen,' zei ze.

'Het is al goed zo,' zei de burgemeester. Opnieuw bekeek hij zijn handpalmen. Hij nam de handdoek en droogde ze af, terwijl hij peinzend naar rechter Arcadio keek.

'Hij zat vol duiveveren,' zei hij.

Op de rand van het bed gezeten, telkens een slokje van een kop zwarte koffie drinkend, wachtte hij tot rechter Arcadio zich aangekleed had. Het meisje volgde hen door de mooie kamer.

'Zolang u die kies er niet uit laat halen gaat die dikke plek niet weg,' zei ze tegen de burgemeester.

Hij duwde rechter Arcadio de straat op, keerde zich om, keek haar aan en tikte met zijn wijsvinger op haar gezwollen buik.

'En die dikke plek daar, wanneer gaat die weg?'

'Al gauw,' zei ze.

Pater Angel maakte niet zijn gebruikelijke avondwandeling. Na de begrafenis ging hij een praatje maken in een huis van de laaggelegen wijken, en bleef daar tot de avond viel. Hij voelde zich goed, ondanks het feit dat de langdurige regenval pijn in zijn wervels veroorzaakte. Toen hij thuiskwam was de straatverlichting al aan.

Trinidad begoot de bloemen van de binnengang. De pater vroeg haar naar de niet-gewijde hosties, en zij antwoordde dat ze die op het hoofdaltaar had gelegd. De muskieten zwermden om hem heen toen hij het licht aanstak. Voordat hij de deur sloot spoot hij insektenpoeder de kamer in, onafgebroken, niesend van de stank. Toen hij klaar was zweette hij. Hij verwisselde de zwarte soutane voor de witte, die vol verstelde plekken zat en die hij thuis droeg, en ging het Angelus luiden.

Toen hij weer in de kamer terug was zette hij een braadpan op het vuur en gooide er een lap vlees in, waarna hij een ui in schijfjes sneed. Vervolgens deponeerde hij alles op een bord, tezamen met een stuk met water en zout gekookte yucca en een beetje koude rijst, nog over van het middagmaal. Hij zette het bord op tafel en ging zitten eten.

Hij at van alles tegelijkertijd, sneed van alles kleine stukjes af en prakte het met behulp van zijn mes, dat hij tussen de tanden van de vork hield. Hij kauwde zorgvuldig, vergruizelde met zijn zilvergevulde kiezen alles tot op het laatste korreltje, maar hield zijn lippen stijf opeengeklemd. Terwijl hij zo bezig was, liet hij vork en mes op de rand van het bord rusten en keek met een strakke en aandachtige blik het vertrek rond. Tegenover hem stond de kast met de dikke boeken van het parochiaal archief. In de hoek een rotan schommelstoel met hoge rug, waaraan op hoofdhoogte een kussentje was vastgenaaid. Achter de schommelstoel was een tochtdeur met een crucifix, die naast een reklamekalender voor hoestsiroop hing. Aan de andere kant van de tochtdeur was de slaapkamer.

Toen hij klaar was met eten kreeg pater Angel een gevoel of hij stikte. Hij haalde het papiertje van een guayavebroodje af, schonk zijn glas tot de rand vol met water en at de zoete massa terwijl hij naar de kalender keek. Na iedere hap nam hij een slok water, zonder zijn blik van de kalender af te wenden. Tenslotte boerde hij en veegde met zijn mouw zijn lippen af. Al negentien jaar lang had hij zo gegeten, alleen in zijn werkkamer, iedere beweging met angstvallige nauwkeurigheid herhalend. Nooit had hij zich voor zijn eenzaamheid geschaamd.

Na de rozenkrans vroeg Trinidad hem geld om arsenicum te kopen. De pater weigerde het haar voor de derde maal, betoogde dat de vallen al voldoende waren. Trinidad hield aan:

'Maar de kleinste muisjes pikken de kaas mee zonder dat ze in de val terechtkomen, ziet u. Daarom is het beter de kaas te vergiftigen.'

De pater gaf toe dat Trinidad gelijk had. Maar voordat hij dit kon zeggen, werd de stilte in de kerk verbroken door de lawaaierige luidspreker van de bioskoop aan de overkant. Eerst was het een dof gerommel. Vervolgens werd het krassen van de naald over de plaat hoorbaar en daarna een mambo die begon met een schrille trompet.

'Is er een voorstelling?' vroeg de pater.

Trinidad zei van ja.

'Weet je ook wat ze geven?'

'Tarzan en de groene godin,' zei Trinidad. 'Dezelfde die ze zondag niet konden beëindigen vanwege de regen. Geschikt voor alle leeftijden.'

Pater Angel liep naar het onderstuk van de toren en liet met grote tussenruimten twaalf klokslagen horen. Trinidad was er helemaal van in de war.

'U hebt u vergist, pater,' zei ze, heftig met haar handen gebarend en met een schittering van opgewondenheid in haar ogen. 'De film is geschikt voor alle leeftijden. U weet toch nog wel dat u zondag helemaal niet geluid hebt.'

'Maar het is een gebrek aan konsideratie met het volk,' zei de pater terwijl hij het zweet van zijn hals wiste. En hij herhaalde hijgend: 'Een gebrek aan konsideratie.'

Trinidad begreep het.

'Je had die begrafenis eens moeten zien,' zei de pater. 'Alle mannen vochten om de kist te mogen dragen.'

19

Hierna stuurde hij het meisje weg, sloot de deur die op het verlaten plein uitkwam af en draaide de lichten in de kerk uit. In de gang, op weg naar de slaapkamer, sloeg hij zich met zijn hand tegen zijn voorhoofd toen hem te binnen schoot dat hij vergeten had Trinidad het geld voor de arsenicum te geven. Maar voordat hij in de kamer kwam was hij het alweer vergeten.

Even later, toen hij aan zijn werktafel zat, maakte hij zich gereed om een brief, waaraan hij de vorige avond begonnen was, af te maken. Hij had de soutane tot de hoogte van zijn maag opgeknoopt, plaatste schrijfblok, inktpot en vloeiblok op de tafel en zocht in al zijn zakken naar zijn bril. Toen herinnerde hij zich dat hij zijn bril in de soutane had laten zitten die hij bij de begrafenis aan had, en hij stond op om hem te halen. Hij had wat hij de vorige avond geschreven had nog eens overgelezen en was net aan een nieuwe alinea begonnen, toen er driemaal op de deur werd geklopt.

'Binnen.'

Het was de beheerder van de bioskoop. Hij was klein, bleek, zeer goed geschoren en had een noodlottige uitdrukking op zijn gezicht. Hij had een onberispelijk witlinnen pak aan, en tweekleurige schoenen. Pater Angel wees hem op de rotan schommelstoel, maar hij haalde een zakdoek uit zijn broekzak, vouwde hem zorgvuldig open, sloeg het stof van de zitbank af en ging met gespreide benen zitten. Toen zag pater Angel dat het geen revolver was, die hij tussen zijn broekriem gestoken had, maar een zaklantaarn.

'Tot uw dienst.'

'Pater,' zei de beheerder, bijna zonder adem te scheppen, 'neem me niet kwalijk dat ik me met uw zaken bemoei, maar vanavond moet er toch wel een vergissing in het spel zijn.'

De pater knikte en wachtte.

'Tarzan en de groene godin is een film geschikt voor alle leeftijden,' vervolgde de beheerder. 'Dat hebt u zondag zelf toegegeven.'

De pater probeerde hem in de rede te vallen, maar de beheerder hief zijn hand op ten teken dat hij nog niet klaar was.

'Ik heb die kwestie van het klokgelui geaccepteerd,' zei hij, 'want het is waar dat er onzedelijke films zijn. Maar met deze is er niets bijzonders aan de hand. We dachten hem zaterdag zelfs in een speciale kindervoorstelling te draaien.'

Toen legde pater Angel hem uit dat de film inderdaad geen enkele morele aantekening had op de lijst die hij elke maand met de post toegestuurd kreeg.

'Maar vandaag film geven,' vervolgde hij, 'is een gebrek aan konsideratie omdat er een dode in het dorp is. Ook dat hoort bij de moraal.'

De beheerder keek hem aan.

'Vorig jaar heeft de politie zelf een man in de bioskoop doodgeschoten, en ze hadden de dode nog maar net naar buiten gesleept of de film ging al verder,' riep hij.

'Nu is het anders,' zei de pater. 'De burgemeester is erg veranderd.'

'Als er weer verkiezingen komen dan begint de slachtpartij opnieuw,' antwoordde de beheerder verbitterd. 'Sinds het volk volk is gebeurt altijd weer hetzelfde.'

'We zullen zien,' zei de pater.

De beheerder bekeek hem met een gekwetste blik. Toen hij weer begon te praten, met zijn hemd wapperend om zijn borst een beetje lucht te geven, was er een smekende ondertoon in zijn stem gekomen.

'Dit is pas de derde film geschikt voor alle leeftijden die we dit jaar krijgen,' zei hij. 'Zondag hebben we drie rollen niet kunnen draaien vanwege de regen en er zijn een heleboel mensen die willen weten hoe het afloopt.'

'De klok heeft al geluid,' zei de pater.

De beheerder slaakte een zucht van wanhoop. Hij wachtte, de priester recht in het gezicht kijkend, en reeds zonder aan iets anders te denken dan aan de intense hitte in de werkkamer.

'Dus, er is niets aan te doen?'

Pater Angel schudde zijn hoofd.

De beheerder sloeg zich op zijn knieën en stond op.

'Goed dan,' zei hij. 'Wat doen we eraan.'

Hij vouwde zijn zakdoek weer op, veegde zich het zweet van zijn hals en keek met een bittere strengheid het werkvertrek rond.

'Het is hier een hel,' zei hij.

De pater bracht hem naar de deur. Hij schoof de sluitbalk ervoor en ging zitten om de brief af te maken. Nadat hij het begin nog eens had overgelezen, maakte hij de onderbroken alinea af en hield toen op om na te denken. Op dat ogenblik zweeg de muziek van de luidspreker. 'Hiermee stellen wij het geachte publiek ervan op de hoogte,' zei een onpersoonlijke stem, 'dat de voorstelling van hedenavond niet doorgaat, omdat ook deze zaak aan de algemene rouw wil deelnemen.' Glimlachend herkende pater Angel de stem van de beheerder.

De hitte werd nog drukkender. De pastoor schreef, met korte onderbrekingen om het zweet van zijn gezicht te wissen en het geschrevene nog eens over te lezen, verder tot hij twee velletjes vol had. Hij had net zijn handtekening gezet toen de regen zonder waarschuwing uit de hemel stortte. Een damp van vochtige aarde drong het vertrek binnen. Pater Angel schreef de envelop, draaide het dopje op de inktpot en wilde de brief dichtvouwen. Maar voordat hij daartoe overging las hij de laatste alinea nog eens over. Toen maakte hij de inktpot weer open en schreef nog een postscriptum: *Het regent weer. Met deze winter en alles wat ik hierboven verteld heb, geloof ik dat ons bittere dagen te wachten staan.*

De vrijdag begon zoel en droog. Rechter Arcadio, die zich erop beroemde dat hij driemaal per nacht de liefde bedreef sinds hij het voor de eerste keer had gedaan, brak die morgen door de koorden van het muskietennet heen en viel op het ogenblik van de opperste gelukzaligheid samen met zijn vrouw op de grond, beiden in het gehaakte net verward.

'Laat maar,' mompelde ze. 'Ik maak het later wel in orde.'

Poedelnaakt kropen ze van onder de verwarde nevelvlekken van het muskietennet tevoorschijn. Rechter Arcadio liep naar de klerenkist om er een schone onderbroek uit te halen. Toen hij terugkwam was zijn vrouw al gekleed en bezig het muskietennet weer in orde te brengen. Hij liep haar op een afstand voorbij, zonder naar haar te kijken, en ging aan de andere kant van het bed zitten om zijn schoenen aan te trekken, nog hijgend door de gekwelde ademhaling van de liefde. Zij liep hem achterna. Ze drukte haar ronde, gespannen buik tegen zijn arm en zocht met haar tanden zijn oor. Hij duwde haar zachtjes weg.

'Laat me met rust,' zei hij.

Ze toonde een glimlach vol goede gezondheid. Toen liep ze haar man achterna tot het andere eind van de kamer, terwijl ze hem met haar wijsvinger in zijn lendenen prikte om hem aan te drijven. 'Hup ezeltje,' zei ze. Hij maakte een sprongetje en duwde haar weg. Toen liet ze hem met rust, lachte opnieuw, maar werd plotseling ernstig en schreeuwde:

'Jezus Christus!'

'Wat was er?' vroeg hij.

'De deur stond wagenwijd open,' schreeuwde ze. 'Dat is me even een onbeschaamdheid.'

Schaterend van het lachen liep ze de badkamer in.

Rechter Arcadio wachtte niet op de koffie. Verkwikt door de pepermuntsmaak van de tandpasta ging hij de straat op. De zon leek wel van koper. De Syriërs die in de deuropening van hun bedrijfjes zaten, keken naar de kalme rivier. Toen hij voorbij de spreekkamer van dokter Giraldo kwam, krabde hij met zijn nagel over het metalen traliehekje van de deur en riep, zonder stil te blijven staan:

'Dokter, wat is het beste middel tegen hoofdpijn?'

De dokter antwoordde vanuit zijn huis:

'De avond tevoren niet gedronken hebben.'

In de haven stond een groepje vrouwen luidkeels te praten over de inhoud van een nieuw schotschrift, dat de vorige a- vond opgehangen was. Aangezien de dageraad helder en zon- der regen was geweest, hadden de vrouwen die er op weg naar de mis van vijf uur langskwamen het gelezen en nu kende het hele dorp het al. Rechter Arcadio bleef niet staan. Hij voelde zich als een os met een ring in zijn neus, onweerstaanbaar naar de biljartzaal getrokken. Daar bestelde hij een flesje ijs- koud bier en een aspirientje. Het was nog maar net negen uur maar toch was de zaak al vol.

'Het hele dorp heeft hoofdpijn,' zei rechter Arcadio.

Hij nam de fles mee naar een tafel waar drie mannen ver- slagen achter hun glazen bier zaten. Hij ging op de nog vrije stoel zitten.

'Blijft dat idiote gedoe zo doorgaan?' vroeg hij.

'Vanmorgen vroeg waren 't er vier.'

'Dat ene dat iedereen gelezen heeft,' zei een van de mannen, 'dat ging over Raquel Contreras.'

Rechter Arcadio kauwde het aspirientje fijn en dronk het bier uit de fles. Van de eerste slok walgde hij, maar daarna kon de maag er weer tegen en voelde hij zich een nieuw mens, zonder verleden.

'Wat stond erin?'

'Lulkoek,' zei de man. 'Dat die tochtjes die ze dit jaar ge- maakt heeft niet waren om kronen op haar tanden te laten zetten, zoals zij beweert, maar om abortus te plegen.'

'Ze hadden niet de moeite hoeven doen om dat in een schot- schrift te zetten,' zei rechter Arcadio, 'iedereen vertelt dat.'

Hoewel de hete zon hem, toen hij het café verliet, pijn deed tot achterin zijn ogen, had hij op dat moment niet het vage onbehaaglijke gevoel dat hij bij het aanbreken van de dag had gehad. Hij liep regelrecht naar het gerechtsgebouw. Zijn se-

24

kretaris, een oud, vies, mager mannetje, die een kip zat te plukken, keek hem over de rand van zijn bril ongelovig aan.

'God in den hemel hoe is het mogelijk!'

'We zullen dat zaakje op gang moeten brengen,' zei de rechter.

De sekretaris liep sloffend naar de binnenplaats en gaf de halfgeplukte kip over de omheining heen aan de keukenmeid van het hotel. Elf maanden nadat hij in funktie was getreden, ging rechter Arcadio voor de eerste maal achter zijn bureau zitten.

Het vervallen kantoor was door een houten hek in twee afdelingen verdeeld. In de buitenste afdeling stond een bank, ook van hout, en precies onder het schilderij van Vrouwe Justitia, geblinddoekt en met een weegschaal in haar hand. Binnen stonden twee oude bureaus tegenover elkaar, een rekje met stoffige boeken en de schrijfmachine. Aan de muur, boven het bureau van de rechter, een koperen crucifix. Aan de tegenoverliggende wand een ingelijste lithografie: een glimlachende, dikke, kale man met over zijn borst de presidentiële sjerp, en onderaan een verguld onderschrift: 'Vrede en Recht.' De lithografie was het enige nieuwe in het kantoor.

De sekretaris bond een zakdoek voor de onderste helft van zijn gezicht en begon met een plumeau het stof van de bureaus te slaan. 'Als u niets voor uw neus houdt, krijgt u een ontsteking,' zei hij. Het advies werd in de wind geslagen. Rechter Arcadio ging helemaal achterover in de draaistoel zitten en rekte zijn benen uit om de veren te proberen.

'Valt hij niet om?' vroeg hij.

De sekretaris schudde zijn hoofd. 'Toen ze rechter Vitela doodschoten,' zei hij, 'sprongen de veren eruit; maar hij is alweer gerepareerd.' Zonder de doek van zijn mond te halen voegde hij eraan toe:

'De burgemeester heeft hem zelf laten repareren toen de nieuwe regering kwam en er van alle kanten inspekteurs kwamen opdagen.'

'De burgemeester wil dat de zaak funktioneert,' zei de rechter.

Hij opende de middelste lade, haalde er een sleutelbos uit en trok een voor een de laden open. Ze zaten vol met papieren, die hij vluchtig doorkeek door ze even met de wijsvinger op te lichten om er zeker van te zijn dat er niets tussen zat dat zijn aandacht verdiende; vervolgens sloot hij de laden weer af en ordende de schrijftafelbehoeften die op het bureau stonden: een kristallen inktstel met een rood en een blauw potje, en voor ieder potje een penhouder in de bijbehorende kleur.

'U bent bij de burgemeester in de smaak gevallen,' zei de sekretaris.

Schommelend in de stoel volgde de rechter hem met sombere blik terwijl hij de balustrade afstofte. De sekretaris keek naar hem alsof hij van plan was hem nooit meer te vergeten zoals hij daar zat, in dat licht, op dat ogenblik en in die houding, en hij zei, met zijn wijsvinger op hem wijzend:

'Precies zoals u daar nu zit, geen haartje anders, zat rechter Vitela toen ze hem kapotschoten.'

De rechter betastte de uitpuilende aderen van zijn slapen. De hoofdpijn kwam weer opzetten.

'Ik stond daar,' vervolgde de sekretaris, op de schrijfmachine wijzend, terwijl hij naar de buitenkant van het hek liep. Zonder zijn verhaal te onderbreken leunde hij tegen de balustrade aan, de plumeau als een geweer op rechter Arcadio gericht. Hij leek wel een postkoetsrover in een wildwestfilm.

'Zo gingen de drie politiemannen staan,' zei hij. 'Rechter Vitela had ze nog maar nauwelijks gezien of hij stak zijn armen omhoog en zei heel langzaam: 'Dood me niet.' Maar onmiddellijk vloog de stoel naar de ene kant en hij naar de andere, vol met lood.'

Rechter Arcadio drukte zijn hoofd tegen zijn handen aan. Hij voelde de hersens kloppen. De sekretaris nam de monddoek af en hing de plumeau achter de deur.

'En dat allemaal omdat hij in een dronken bui gezegd had dat hij hier was om te zorgen dat de verkiezingen eerlijk zouden verlopen,' zei hij. Hij bleef besluiteloos staan, keek naar rechter Arcadio die zich, met zijn handen tegen zijn maag gedrukt, over het bureau boog.

'Is het zo hardnekkig?'

De rechter zei van ja. Hij vertelde hem over de vorige avond en vroeg hem een aspirientje en twee flesjes koud bier in de biljartzaal te gaan halen. Toen hij zijn eerste biertje op had, vond rechter Arcadio in zijn hart niet het geringste spoor van wroeging. Hij voelde zich zeer helder.

De sekretaris ging achter de schrijfmachine zitten.

'En wat doen we nu?' vroeg hij.

'Niets,' zei de rechter.

'Dan, als u het me toestaat, ga ik Maria halen om haar te helpen met het plukken van de kippen.'

Hier verzette de rechter zich tegen. 'Dit is een gebouw om recht te spreken en niet om kippen te plukken,' zei hij. Met een meewarige uitdrukking op zijn gezicht bekeek hij zijn ondergeschikte van top tot teen en voegde eraan toe:

'Verder moet u die pantoffels wegsmijten en met schoenen aan naar kantoor komen.'

Naarmate de middag naderde werd de warmte heviger. Toen het twaalf uur sloeg had rechter Arcadio al een dozijn biertjes gedronken. Hij reisde rond in zijn herinneringen. Met een loom verlangen sprak hij over een verleden zonder ontberingen, met lange zondagen aan zee en onverzadigbare mulattinnen die staande de liefde bedreven, achter de deur van het voorhuis. 'Toen was het leven zo,' zei hij, en knipte met duim en wijsvinger, terwijl de sekretaris slaperig naar hem zat te luisteren. Rechter Arcadio voelde zich afgestompt, maar zijn herinneringen kwamen steeds levendiger in hem op.

Toen de torenklok één uur sloeg, begon de sekretaris tekenen van ongeduld te vertonen.

'De soep wordt koud,' zei hij.

De rechter gaf hem geen toestemming om op te staan. 'In deze dorpen tref je niet altijd een man van talent aan,' zei hij, en de sekretaris, volkomen uitgeput door de warmte, bedankte hem voor het kompliment en ging verzitten. Het was een eindeloze vrijdag. Onder de gloeiende golfplaten van het dak zaten de beide mannen nog een half uur te praten terwijl het dorp in de bouillon van de siesta lag te koken.

Toen maakte de sekretaris, die de uiterste graad van uitputting bereikt had, een toespeling op de schotschriften. Rechter Arcadio haalde zijn schouders op.

'Geloof jij ook al in die lulkoek?' zei hij, hem voor het eerst tutoyerend.

De sekretaris, afgemat door de honger en de verstikkende benauwdheid, had geen zin om het gesprek voort te zetten, maar hij dacht toch niet dat de schotschriften zo'n bagatel waren. 'We hebben de eerste dode al gehad,' zei hij. 'Als het zo doorgaat gaan we nog een beroerde tijd tegemoet.' En hij vertelde de geschiedenis van een dorp dat in zeven dagen tijd door schotschriften uitgeroeid werd. De inwoners vermoordden tenslotte elkaar. Voordat ze het dorp verlieten, groeven de overlevenden de beenderen van hun doden op om er zeker van te zijn dat ze nooit meer terug zouden keren.

De rechter luisterde naar hem met een spottende uitdrukking op zijn gezicht, en terwijl de ander praatte knoopte hij langzaam zijn hemd los. Hij dacht dat zijn sekretaris een liefhebber van gruwelverhalen was.

'Dat is een heel simpel geval voor een detectiveromannetje,' zei hij.

Zijn ondergeschikte schudde zijn hoofd. Rechter Arcadio vertelde dat hij op de universiteit lid was geweest van een organisatie die zich wijdde aan het oplossen van detectiveraadsels. Elk lid las een mysterieroman tot aan een afgesproken gedeelte, en zaterdags kwamen ze bijeen om het raadsel op te lossen. 'Ik heb het niet één keer mis gehad,' zei hij. 'Natuurlijk had ik veel gemak van mijn kennis van de klassieken, die een levenslogika ontdekt hadden, in staat om wat voor mysterie ook te doorgronden.' Hij gaf een probleem op: een man laat zich om tien uur 's avonds in een hotel inschrijven, gaat naar zijn kamer, en de volgende morgen vindt het kamermeisje, dat koffie komt brengen, hem dood en helemaal verrot in zijn bed. De lijkschouwing wijst uit dat de gast die de vorige avond gekomen is al acht dagen dood is.

De sekretaris richtte zich met een langdurig gekraak van gewrichten op.

'Dat wil dus zeggen dat hij, toen hij in het hotel aankwam al zeven dagen dood was,' zei de sekretaris.

'Het verhaal is twaalf jaar geleden geschreven,' zei rechter Arcadio zonder op de onderbreking te letten, 'maar de oplossing werd vijf eeuwen voor Christus al door Heraclitus gegeven.'

Hij wilde het juist onthullen, maar de sekretaris was verbitterd. 'Nooit, sinds de wereld de wereld is, heeft iemand geweten wie de schotschriften aangeplakt heeft,' sprak hij met een gespannen agressiviteit. Rechter Arcadio keek hem met slimme oogjes aan.

'Wedden dat ik er achter kom,' zei hij.

'Weddenschap aangenomen.'

Rebeca de Asis verdronk in de hete slaapkamer van het huis aan de overkant, haar hoofd diep weggezonken in het kussen, en probeerde een onmogelijke siesta te slapen. Ze had gerookte blaadjes tegen haar slapen geplakt.

'Roberto,' zei ze tot haar echtgenoot, 'als je het raam niet opendoet zullen we nog sterven van de hitte.'

Roberto Asis opende het raam juist op het moment waarop rechter Arcadio zijn kantoor verliet.

'Probeer dan te slapen,' smeekte hij de weelderige vrouw die met uitgespreide armen onder het roze gehaakte baldakijn lag, naakt in een dun nylon hemdje. 'Ik beloof je dat ik er niet meer aan zal denken.'

Ze slaakte een zucht.

Roberto Asis, die de nacht had doorgebracht met in de slaapkamer heen en weer te lopen, de ene sigaret aanstekend met het peukje van de vorige, zonder te kunnen slapen, had die morgen op het punt gestaan de schrijver van de schotschriften te betrappen.

Hij had tegenover zijn huis het geritsel van papier gehoord en het herhaalde wrijven van handen die het op de muur glad probeerden te strijken. Maar te laat had hij het begrepen en het schotschrift hing er al. Toen hij het raam opende, was het plein verlaten.

Vanaf dat ogenblik tot twee uur in de middag, toen hij zijn vrouw beloofde niet meer aan het schotschrift te denken, had ze met al haar overredingsmethodes geprobeerd hem tot bedaren te brengen. Tenslotte stelde ze een wanhopige overeenkomst voor: als afdoende bewijs voor haar onschuld bood ze hem aan, met luider stem en in de tegenwoordigheid van haar echtgenoot bij pater Angel te biechten. Alleen al het aanbod van die vernedering was de moeite waard geweest. Ondanks zijn verblinding durfde hij niet de volgende stap te doen, en moest dus wel kapituleren.

'Het is altijd beter alles te bepraten,' zei ze, zonder haar ogen te openen. 'Het zou een ramp geweest zijn als jij was blijven wrokken.'

Toen hij de kamer uitging, sloot hij de deur achter zich. In het grote, schemerige huis, dat van binnen geheel gesloten was, hoorde hij het gezoem van de elektrische ventilator van zijn moeder, die in het aangrenzende huis haar middagslaapje deed. Onder de slaperige blik van de zwarte keukenmeid schonk hij zich een glas limonade uit de koelkast in.

Vanuit haar koele personeelssfeer vroeg de vrouw hem of hij wilde lunchen. Hij nam het deksel van de pot. Een hele schildpad dreef met zijn poten omhoog in het kokende water. Voor het eerst huiverde hij niet van het idee dat het beest levend in de pot gegooid was, en dat zijn hart nog zou kloppen als ze hem in stukken gesneden opdienden.

'Ik heb geen honger,' zei hij, terwijl hij het deksel weer op de pot deed. 'Mevrouw wil ook niet lunchen. Ze heeft de hele dag al hoofdpijn.'

De twee huizen waren met elkaar verbonden door een groen betegelde gang vanwaar men op de gemeenschappelijke binnenplaats het kippenhok kon zien. In het gedeelte van de gang dat bij het huis van de moeder hoorde, waren verscheidene vogelkooien, die aan de lage dakrand hingen, en veel potten met felkleurige bloemen.

Vanaf haar ligstoel, waar ze haar middagslaapje deed, verwelkomde zijn zevenjarig dochtertje hem klaaglijk. Het patroon van het linnen stond nog in haar wang gedrukt.

'Het is al bijna drie uur,' zei hij heel zacht. En hij voegde er droefgeestig aan toe: 'Zorg dat je er zelf een beetje op let.'

'Ik heb van een glazen katje gedroomd,' zei het meisje.

Hij kon een lichte huivering niet onderdrukken.

'Hoe zag het eruit?'

'Helemaal van glas,' zei het meisje, terwijl het probeerde met haar handen de vorm van het droomdier te beschrijven, 'als een glazen vogeltje, maar dan een kat.'

Hij voelde zich alsof hij, in het volle zonlicht, verdwaald was in een vreemde stad. 'Vergeet het maar,' mompelde hij. 'Zoiets is de moeite niet waard.' Op dat ogenblik zag hij zijn moeder in de deuropening van de slaapkamer, en hij voelde zich verlost.

'Het gaat alweer beter met je,' zei hij.

De weduwe de Asis antwoordde hem met een bittere blik. 'Iedere dag beter om bij het afval gesmeten te worden,' klaagde ze, terwijl ze het weelderige, ijzerkleurige haar tot een wrong opbond. Ze liep de gang in om het water van de vogelkooien te verversen.

Roberto Asis liet zich in de ligstoel vallen waarin zijn dochtertje geslapen had. Met zijn handen achter zijn nek volgde hij met zijn fletse ogen de knokige, in het zwart geklede vrouw die fluisterend met de vogels sprak. Ze dompelden zich helemaal onder in het frisse water, klapperden zo vrolijk met hun vleugels dat ze het gezicht van de vrouw bespatten. Toen ze klaar was met de kooien, hulde de weduwe de Asis haar zoon in een sfeer van onzekerheid.

'Ik dacht dat je naar de bergen was,' zei ze.

'Ik ben niet gegaan,' zei hij, 'ik moest het een en ander doen.'

'Voor maandag ga je niet?'

Hij bevestigde het met zijn ogen. Een negerdienstmeisje op blote voeten liep met het kind door de salon om haar naar school te brengen.

De weduwe de Asis bleef in de gang tot ze de deur uitgingen. Toen wendde ze zich opnieuw tot haar zoon.

'Alweer?' vroeg ze vorsend.

31

'Dit is iets anders,' zei hij.

Hij volgde zijn moeder naar de ruime slaapkamer waar de elektrische ventilator zoemde. Ze liet zich in een gerafelde lianen schommelstoel vallen, tegenover de ventilator, in een houding van volledige uitputting. Aan de witgekalkte muren hingen in koperen vignetten ingelijste antieke kinderfoto's. Roberto Asis ging op het troonbed liggen waarin enkele kinderen van de foto's waaronder zijn eigen vader in de vorige decembermaand, aan ouderdom en slecht humeur gestorven waren.

'Wat was er aan de hand?' vroeg de weduwe.

'Geloof jij wat de mensen zeggen?' vroeg hij op zijn beurt.

'Op mijn leeftijd moet een mens in alles geloven,' antwoordde de weduwe. En ze vroeg op onverschillige toon: 'Wat zeggen ze?'

'Dat Rebeca Isabel mijn dochter niet is.'

De weduwe begon langzaam te schommelen. 'Ze heeft de neus van de Asis,' zei ze. Nadat ze even nagedacht had, vroeg ze afwezig: 'Wie zegt dat?' Roberto Asis beet op zijn nagels.

'Ze hebben een schotschrift aangeplakt.'

Toen begreep de weduwe dat de blauwe wallen onder de ogen van haar zoon niet het gevolg van een langdurige slapeloosheid waren.

'Schotschriften zijn de mensen nog niet,' verklaarde ze.

'Maar er staat alleen in wat de mensen al zeggen,' zei Roberto Asis, 'ook al weet je het zelf niet.'

Maar zij wist alles wat het dorp al sinds vele jaren van haar familie gezegd had. In een huis als het hare, vol met dienstmeisjes, petekinderen en beschermelingen van alle leeftijden, was het eenvoudig onmogelijk je in de slaapkamer op te sluiten zonder dat de geruchten van de straat je zelfs daar achtervolgden. De woelige Asis, stichters van het dorp toen ze nog maar varkenshoeders waren, schenen een geliefde prooi voor roddelpraat te zijn.

'Niet alles wat ze zeggen is waar,' zei ze, 'ook al weet je het.'

'Iedereen weet dat Rosario Montero met Pastor naar bed ging,' zei hij. 'Zijn laatste liedje was voor haar.'

'Iedereen zei het, maar niemand wist het zeker,' antwoordde de weduwe. 'Maar nu is bekend dat het liedje voor Margot Ramírez was. Ze zouden gaan trouwen en alleen zij en de moeder van Pastor wisten het. Het zou beter voor hen geweest zijn als ze het enige geheim, dat ooit in dit dorp bewaard gebleven is, niet zo angstvallig verdedigd hadden.'

Roberto Asis keek zijn moeder aan met een dramatische schittering in zijn ogen. 'Er was vanmorgen een moment waarop ik dacht dat ik ging sterven,' zei hij. Het scheen de weduwe niet al te zeer te ontroeren.

'De Asis zijn jaloers,' zei ze, 'dat is altijd de grootste ellende van dit huis geweest.'

Ze bleven een hele tijd zwijgend bij elkaar zitten. Het was bijna vier uur en de hitte begon al enigszins te wijken. Toen Roberto Asis de elektrische ventilator afzette, was het hele huis plotseling vol vrouwenstemmen en vogelgefluit.

'Geef me dat flesje eens aan dat op het nachtkastje staat,' zei de weduwe.

Ze nam twee grijze pilletjes, rond als kunstparels, gaf het flesje weer aan haar zoon terug en zei: 'Neem er twee; daar slaap je beter op.' Hij nam ze met het water dat zijn moeder in het glas had overgelaten en liet zijn hoofd weer op het kussen rusten.

De weduwe zuchtte. Er volgde een meditatieve stilte. Toen, als altijd het hele dorp generaliserend terwijl ze het half dozijn families van haar stand bedoelde, zei ze:

'De ellende met dit dorp is dat de vrouwen alleen thuis moeten blijven terwijl de mannen door de bergen zwerven.'

Roberto Asis sliep in. De weduwe keek naar de ongeschoren kin, de grote neus met de hoekige kraakbeenderen, en dacht aan haar overleden echtgenoot. Ook Adalberto Asis had de wanhoop gekend. Hij was een reusachtige bergbewoner die maar eenmaal in zijn leven voor vijftien minuten een boord van celluloïd had omgedaan om voor de daguerreotiep te poseren, die hem op het nachtkastje overleefde. Van hem werd verteld dat hij in deze zelfde slaapkamer een man had vermoord die hij met zijn vrouw in bed vond, en dat hij

33

hem in het geheim op de binnenplaats had begraven. De waarheid was anders: Adalberto Asis had met een schot uit zijn jachtgeweer een aapje gedood, dat hij op de balk van de slaapkamer betrapte, de ogen strak op zijn echtgenote gericht terwijl deze zich aan het verkleden was. Veertig jaar later was hij zelf gestorven zonder ooit de legende te hebben kunnen rektificeren.

Pater Angel klom de steile trap op. Op de tweede verdieping, aan het eind van een gang waar geweren en patroonbanden aan de wand hingen, lag een politieagent op zijn buik op een veldbed te lezen. Hij ging zo in zijn lektuur op dat hij de aanwezigheid van de pater pas opmerkte toen hij zijn groet hoorde. Hij rolde het tijdschrift op en ging op de rand van het veldbed zitten.

'Wat leest u?' vroeg pater Angel.

De agent liet hem het tijdschrift zien.

'Terry en de zeerovers.'

De pater wierp een lange onderzoekende blik op de drie betonnen, vensterloze cellen, aan de kant van de gang afgesloten met dikke ijzeren tralies. In een hangmat in de middelste cel lag een andere agent in zijn onderbroek en met zijn armen en benen wijd uitgespreid te slapen. De andere cellen waren leeg. Pater Angel vroeg naar César Montero.

'Die zit daar,' zei de agent met een hoofdknikje naar een gesloten deur. 'Dat is de kamer van de kommandant.'

'Kan ik hem spreken?'

'Hij zit in eenzame opsluiting,' zei de agent.

Pater Angel drong niet verder aan. Hij vroeg of de gevangene het goed maakte. De agent antwoordde dat ze hem de beste kamer van de kazerne hadden gegeven, met goed licht en stromend water, maar dat hij al in vierentwintig uur niets gegeten had. Het eten dat de burgemeester voor hem in het hotel bestelde had hij geweigerd.

'Hij is bang dat ze hem vergiftigen,' besloot de agent.

'Ze hadden hem toch eten van thuis kunnen laten brengen,' zei de pater.

'Hij wil niet dat ze zijn vrouw lastig vallen.'

Alsof hij met zichzelf praatte voegde de pater eraan toe: 'Ik zal dit allemaal met de burgemeester bespreken.' Hij wilde verder lopen naar het eind van de gang, waar de burgemeester zijn kogelvrij kantoor had laten maken.

'Hij is er niet,' zei de agent. 'Hij zit al twee dagen thuis met kiespijn.'

Pater Angel zocht hem op. Hij lag uitgeput in een hangmat, naast een stoel waarop een kruik zout water, een pakje pijnstillende middelen en de patroonband met de revolver. Zijn wang was nog steeds opgezwollen. Pater Angel schoof een stoel naar de hangmat.

'Laat hem toch trekken,' zei hij.

De burgemeester spuwde een mondvol zout water in het spuwbakje. 'Dat is makkelijk gezegd,' zei hij, nog met zijn hoofd boven het spuwbakje. Pater Angel begreep het. Hij zei bijna fluisterend:

'Als u me toestemming geeft, zal ik met de tandarts praten.' Hij haalde diep adem en waagde het toen eraan toe te voegen: 'Hij is een man die begrip kan tonen.'

'Als een muilezel,' zei de burgemeester. 'Ze zouden hem in stukken moeten schieten en dan zouden we nog even ver zijn.'

Pater Angel volgde hem met zijn blik naar de wasbak. De burgemeester opende de kraan, bracht de gezwollen wang onder de koele waterstraal en hield hem daar zo een tijdje, met een uitdrukking van verrukking op zijn gezicht. Toen kauwde hij een aspirientje fijn en dronk water uit de kraan na, waarbij hij het met zijn handen in zijn mond gooide.

'Nee, in ernst,' drong de pater aan, 'ik kàn met de tandarts praten.'

De burgemeester maakte een ongeduldig gebaar.

'U doet maar wat u wilt, pater.' Hij ging voorover in de hangmat liggen met zijn ogen gesloten, zijn handen in zijn nek, woedend ademhalend. De pijn begon te wijken. Toen hij zijn ogen weer opende, zat pater Angel naast de hangmat zwijgend naar hem te kijken.

'Wat voert u hierheen?' vroeg de burgemeester.

35

'César Montero,' zei de pater zonder omwegen. 'Die man moet biechten.'

'Hij zit in eenzame opsluiting,' zei de burgemeester. 'Morgen, na het voorbereidend onderzoek, dan mag hij biechten. We zullen hem maandag sturen.'

'Hij zit al achtenveertig uur,' zei de pater.

'En ik zit al twee weken met die kies,' zei de burgemeester.

In het donkere vertrek begonnen de muskieten te zoemen. Pater Angel keek naar het raam en zag een felroze nevelwolk boven de rivier zweven.

'En die kwestie met het eten?' vroeg hij.

De burgemeester stond uit zijn hangmat op om de balkondeur te gaan sluiten. 'Ik heb mijn plicht gedaan,' zei hij. 'Hij wil niet dat ze zijn vrouw lastig vallen en het eten van het hotel nam hij niet aan.' Hij begon insektenpoeder in het vertrek te spuiten. Pater Angel zocht in zijn broekzak naar een zakdoek om niet te hoeven niezen, maar in plaats van de zakdoek vond hij een verkreukelde brief. 'Ai,' riep hij, terwijl hij met zijn vingers de brief probeerde glad te strijken. De burgemeester hield even op met spuiten. De pater kneep zijn neus dicht, maar het was een nutteloos gebaar: hij niesde tweemaal.

'Nies maar gerust, pater,' zei de burgemeester. En hij voegde er met een glimlach aan toe: 'We leven in een demokratie.'

Pater Angel glimlachte ook. Hij wees op de gesloten envelop en zei: 'Die brief heb ik vergeten te posten.' Hij vond de zakdoek in zijn mouw en veegde zijn door het insektenpoeder geïrriteerde neus schoon. Hij bleef aan César Montero denken.

'Het is net alsof hij op water en brood zit,' zei hij.

'Als hij daar nou zin in heeft,' zei de burgemeester, 'dan kunnen we hem het eten niet met geweld opdringen, niet?'

'Waar ik mij het meeste zorgen over maak, dat is zijn geweten,' zei de pater.

Zonder de zakdoek van zijn neus te nemen, volgde hij met zijn ogen de burgemeester door het vertrek, tot hij klaar was met spuiten. 'Dat zal wel niet zo gerust zijn als hij bang is dat ze hem vergiftigen,' zei hij. De burgemeester zette de flitspuit op de grond.

36

'Hij weet dat iedereen Pastor graag mocht,' zei hij.

'César Montero ook,' antwoordde de pater.

'Maar toevallig is het nu eenmaal zo dat Pastor degene is die dood is.'

De pater bekeek de brief. Het licht werd mauve. 'Pastor,' mompelde hij. 'Hij had geen tijd meer om te biechten.'

De burgemeester stak het licht op en ging weer in zijn hangmat liggen.

'Morgen zal ik me wel beter voelen,' zei hij. 'Na het vooronderzoek kunt u hem de biecht afnemen. Is dat goed?'

Pater Angel vond het goed. 'Het gaat er alleen maar om dat hij weer een rustig geweten heeft,' zei hij nadrukkelijk. Met een plechtig gebaar stond hij op. Hij gaf de burgemeester de raad niet te veel pijnstillende middelen te slikken, en de burgemeester beantwoordde zijn advies door hem eraan te herinneren de brief niet te vergeten.

'En dan is er nog iets, pater,' zei de burgemeester. 'Probeer in elk geval toch maar met die kiezentrekker te praten.' Hij keek de priester aan, die de trap begon af te dalen, en voegde er opnieuw glimlachend aan toe: 'Dit alles draagt bij tot de versterking van de vrede.'

De houder van het postkantoor zat voor de deur van zijn bureau naar het wegsterven van de avond te kijken. Toen pater Angel hem de brief gaf, ging hij zijn kantoor binnen, bevochtigde met zijn tong een postzegel van vijftien centavos, voor luchtpost, plus de extra port voor de woningbouw. Hij bleef maar in de la van zijn schrijfbureau rommelen. Toen de straatverlichting aanging, legde de pater een aantal geldstukken op de balustrade en ging zonder groet naar buiten.

De postbeheerder was nog steeds in de lade aan het zoeken. Een ogenblik later, toen hij er genoeg van gekregen had al die papieren door elkaar te halen, schreef hij met inkt in een hoek van de envelop: 'Er zijn geen zegels van vijf.' Hij zette zijn handtekening eronder en drukte er het kantoorstempel op.

Die avond na het rozenkransgebed zag pater Angel een dode muis in het wijwaterbekken drijven. Trinidad was in de doopkapel bezig de vallen uit te zetten. De pater pakte het beest bij de punt van de staart beet.

'Je bezorgt de mensen nog eens een ongeluk,' zei hij tegen Trinidad, terwijl hij de dode muis voor haar gezicht heen en weer zwaaide. 'Weet je dan niet dat sommige gelovigen het wijwater in flessen doen om het zieken te drinken te geven?'

'En wat zou dat?' vroeg Trinidad.

'Wát wat zou dat?' antwoordde de pater. 'Dat zou niets minder dan dat de zieken wijwater met arsenicum te drinken krijgen.'

Trinidad wees hem erop dat hij haar nog niet het geld voor het arsenicum gegeven had. 'Dat komt van het gips,' zei ze, en ze onthulde hem haar methode: ze had in de hoeken van de kerk gips gestrooid; de muis had ervan gegeten, en even later, radeloos van dorst, was hij naar het wijwaterbekken gegaan om te drinken. Door het water was het gips in zijn maag hard geworden.

'Hoe dan ook,' zei de pater, 'kom dan maar liever het geld voor het arsenicum halen. Ik wil geen dode muizen meer in het wijwater.'

In zijn werkkamer wachtte hem een kommissie van katholieke dames met Rebeca de Asis aan het hoofd. Nadat hij Trinidad het geld voor het arsenicum had gegeven, maakte de pater een opmerking over de warmte die in het vertrek heerste en ging aan zijn werktafel zitten, tegenover de drie dames, die het stilzwijgen bewaarden.

'Ik sta tot uw dienst, achtbare dames.'

Ze keken elkaar aan. Toen vouwde Rebeca de Asis een waaier met een japans landschap open en zei zonder veel omwegen:

'Het gaat over de schotschriften, pater.'

Met een geheimzinnige stem, alsof ze een kindersprookje aan het vertellen was, zette ze de algemene onrust van het dorp uiteen. Ze zei dat, hoewel de dood van Pastor 'als een strikt persoonlijke zaak beschouwd diende te worden', de nette families zich verplicht voelden zich zorgen over de schotschriften te maken.

Adalgisa Montoya, de oudste van de drie, die op het handvat van haar parasol leunde, sprak in ondubbelzinniger termen:

'Wij katholieke vrouwen hebben besloten om in te grijpen.'

Pater Angel dacht gedurende enkele sekonden na. Rebeca de Asis haalde diep adem en de pater vroeg zich af hoe die vrouw zo'n sterke geur uit kon ademen. Ze was schitterend als een bloem, van een verblindende blankheid en een hartstochtelijke gezondheid. De pater sprak met zijn blik strak op een onbepaald punt gericht.

'Mijn mening is,' zei hij, 'dat wij geen aandacht aan de stem van het schandaal moeten besteden. Wij moeten ons boven deze methodes plaatsen, en Gods wet in acht blijven nemen zoals wij tot nu toe gedaan hebben.'

Adalgisa Montoya betuigde met een hoofdknikje haar instemming. Maar de anderen waren het er niet mee eens: het kwam hun voor dat 'deze ramp op den duur wel eens funeste gevolgen zou kunnen hebben.'

Op dat ogenblik hoestte de luidspreker van de bioskoop. Pater Angel sloeg zich met zijn hand op zijn voorhoofd. 'Ogenblikje,' zei hij, terwijl hij in de la van zijn bureau naar de lijst van de katholieke censuur begon te zoeken.

'Wat geven ze vandaag?'

'Piraten van de ruimte,' zei Rebeca de Asis, 'het is een oorlogsfilm.'

Pater Angel zocht alfabetisch, brokstukken van titels voor zich heen mompelend terwijl hij met zijn wijsvinger de lange lijst van klassifikaties langs ging. Hij stopte toen hij het blad omsloeg.

'Piraten van de ruimte.'

Hij liet zijn vinger horizontaal over het blad glijden om naar de morele klassifikatie te zoeken, en op dat ogenblik hoorde hij in plaats van de verwachte grammofoonplaat de stem van de bioskoopbeheerder, die aankondigde dat de voorstelling wegens de slechte weersomstandigheden werd afgelast. Een van de vrouwen legde hem uit dat de bioskoopbeheerder dat besluit genomen had omdat het publiek telkens zijn geld terugeiste als de regen de voorstelling nog voor de pauze onderbrak.

'Jammer,' zei pater Angel, 'hij was voor alle leeftijden.'

Hij sloot het schrift en vervolgde:

'Zoals ik u al zei, is dit een dorp dat de voorschriften der kerk streng in acht neemt. Negentien jaar geleden, toen ik de parochie kreeg, kwamen er elf openlijke konkubinaten voor, alle in belangrijke families. Nu is er nog maar één, en ik hoop niet voor lang.'

'Het gaat niet om ons,' zei Rebeca de Asis. 'Maar om die arme mensen...'

'Er is geen enkele reden om ons zorgen te maken,' vervolgde de pater, de onderbreking negerend. 'U moet eens zien hoe dit dorp veranderd is. In die tijd was er een russische danseres die in de arena voor hanengevechten een voorstelling alleen voor mannen gaf en alles wat ze aan had openbaar verkocht.'

Adalgisa Montoya viel hem in de rede.

'Dat is waar,' zei ze.

Inderdaad herinnerde ze zich het schandaal zoals ze het haar verteld hadden: toen de danseres helemaal naakt was, begon er een oude man in de arena te schreeuwen, klom toen naar de hoogste bank en begon op het publiek te wateren. Ze hadden haar verteld dat de andere mannen zijn voorbeeld gevolgd hadden en temidden van een waanzinnig geschreeuw elkaar hadden bewaterd.

'En nu,' vervolgde de pater, 'staat het vast dat dit dorp van alle plaatsen van de Apostolische Prefektuur het strengst de voorschriften in acht neemt.'

Hij ging hardnekkig op zijn stelling door. Hij herinnerde aan enkele moeilijke ogenblikken in zijn strijd tegen de zwakheden van de menselijke geest, tot de katholieke dames, uitgeput door de hitte, geen aandacht meer aan zijn woorden besteedden. Rebeca de Asis vouwde haar waaier weer open, en toen pas ontdekte pater Angel de oorsprong van haar goede adem. De muntgeur kristalliseerde in de lome atmosfeer van de kamer. De pater haalde zijn zakdoek uit zijn mouw en bracht hem naar zijn neus om niet te hoeven niezen.

'Tegelijkertijd,' vervolgde hij, 'is ons bedehuis het armste van de gehele Apostolische Prefektuur. De klokken zijn kapot en het kerkgebouw wemelt van de muizen, omdat mijn hele leven ermee heen gegaan is het volk moraal en fatsoen op te leggen.'

Hij knoopte zijn boord los. 'De stoffelijke arbeid kan iedere jongere verrichten,' zei hij terwijl hij ging staan. 'Daarentegen zijn een volharding van vele jaren en een zeer grote ervaring noodzakelijk om de moraal opnieuw op te bouwen.'

Rebeca hief haar tere hand met de door een krans van smaragden bedekte trouwring op.

'Daarom juist,' zei ze. 'Wij zijn van mening dat door die schotschriften al uw werk voor niets zou zijn.'

De enige vrouw die tot op dat ogenblik het zwijgen had bewaard, maakte van de korte pauze gebruik om tussenbeide te komen.

'Bovendien zijn wij van mening dat het land bezig is er weer bovenop te komen, en dat deze ramp van nu daar schadelijk voor zou kunnen zijn.'

Pater Angel haalde een waaier uit de kast en begon zichzelf zuinigjes koelte toe te waaieren.

'Dit zijn twee zaken die niets met elkaar te maken hebben,' zei hij. 'We hebben politiek gezien een moeilijke tijd doorgemaakt, maar de moraal van het gezin is ongeschonden gebleven.'

Hij ging vlak voor de drie vrouwen staan. 'Over weinige jaren zal ik naar de Apostolische Prefekt gaan om hem te zeggen: hier draag ik u dit voorbeeldige dorp over. Nu is het enige wat nog ontbreekt, dat u een ondernemende jongeman zendt om de beste kerk van de Prefektuur te bouwen.'

Hij maakte een lome buiging en riep uit:

'Dan kan ik rustig gaan sterven in de patio van mijn voorvaderen.'

De dames protesteerden. Adalgisa Montoya gaf uitdrukking aan de algemene opvatting:

'Dit is zoveel als úw dorp, pater. En wij willen dat u hier blijft tot het laatste ogenblik.'

'Als het om het bouwen van een nieuwe kerk gaat,' zei Rebeca de Asis, 'dan kunnen we nu al met de campagne beginnen.'

'Alles op zijn tijd,' antwoordde pater Angel.

Vervolgens voegde hij er op andere toon aan toe: 'Voorlopig wil ik in geen enkele parochie oud worden. Ik wil niet dat mij hetzelfde overkomt als de brave Antonio Isabel del Santísimo Sacramento del Altar Castañeda y Montero, die er de bisschop van op de hoogte stelde dat het in zijn parochie dode vogels regende. De persoon, die door de bisschop op onderzoek werd uitgestuurd, trof hem op het dorpsplein aan, bezig met de kinderen rovertje en politieagentje te spelen.'

De dames gaven uiting aan hun ontzetting.

'Wie was dat?'

'De pastoor die mij in Macondo opvolgde,' zei pater Angel. 'Hij was honderd jaar.'

De winter, waarvan in de laatste dagen van september al te voorzien was dat hij streng zou worden, begon pas goed tijdens dat weekeinde. De burgemeester lag de hele zondag in zijn hangmat aspirientjes te kauwen, terwijl de buiten zijn oevers getreden rivier verwoestingen aanrichtte in de laaggelegen wijken.

Tijdens de eerste onderbreking van de regens, 's maandagsmorgens in alle vroegte, kostte het het dorp verscheidene uren om zich weer te herstellen. Al vroeg openden de biljartzaal en kapsalon, maar de meeste huizen bleven tot elf uur gesloten. De heer Carmichael was de eerste die in de gelegenheid kwam een huivering te ondergaan bij het schouwspel van mannen die hun huizen naar hoger gelegen gebieden droegen. Luidruchtige groepjes hadden de gaffelpalen opgegraven en verhuisden de kale vertrekken van riet, klei en takken met hun daken van palmbladeren in hun geheel.

De heer Carmichael, die met geopende paraplu onder de lage dakrand van de kapsalon schuilde, stond naar het moeizame werk te kijken toen de kapper hem uit zijn afwezigheid wakkerschudde.

'Ze hadden beter kunnen wachten tot het opklaart,' zei de kapper.

'Het klaart nog in geen twee dagen op,' zei de heer Carmichael terwijl hij zijn paraplu dicht deed. 'Dat zeggen mijn eksterogen me.'

De mannen die, tot hun enkels in de modder wegzakkend, de huizen droegen, stootten tegen de muren van de kapsalon aan toen ze langskwamen. De heer Carmichael kon door het venster het onttakelde interieur van de huizen, een geheel van zijn intimiteit beroofde slaapkamer zien, en een gevoel van iets rampzaligs overweldigde hem.

Het leek wel of het pas zes uur in de morgen was, maar zijn maag zei hem dat het al tegen twaalven liep. De Syriër Moisés nodigde hem uit in zijn winkel te komen zitten tot de regen over was. De heer Carmichael herhaalde zijn voorspelling dat het de eerstvolgende vierentwintig uur niet zou opklaren. Hij aarzelde even voordat hij van de stoep van het belendende huis sprong. Een groepje jongens die aan het oorlogje spelen waren, gooiden een bal modder die tegen de muur te pletter sloeg, op maar enkele meters afstand van zijn pas geperste pantalon. De Syriër Elias kwam met een bezem in de hand zijn winkel uit en bedreigde de jongens in een algebraïsch mengsel van arabisch en castiljaans.

De jongens dansten van vreugde:

'Stomme Turk.'

De heer Carmichael konstateerde dat zijn kleren nog ongerept waren. Toen deed hij de paraplu weer dicht en ging de kapsalon binnen, regelrecht op de stoel af.

'Ik heb altijd al gezegd dat u een voorzichtig mens bent,' zei de kapper.

Hij knoopte hem een laken om zijn nek. De heer Carmichael ademde de lavendelgeur in die hem hetzelfde onbehaaglijke gevoel bezorgde als de ijskoude dampen bij de tandarts. De kapper begon met de haren die in de nek naar buiten sprongen weg te knippen. Ongeduldig keek de heer Carmichael rond of er niet iets te lezen viel.

'Zijn er geen kranten?'

De kapper antwoordde zonder met zijn werk op te houden:

'De enige kranten die er in dit land nog overblijven zijn de officiële en die komen zolang ik leef in deze zaak niet binnen.'

De heer Carmichael stelde zich tevreden met het bekijken van zijn gebarsten schoenen tot de kapper hem vroeg hoe het met de weduwe van Montiel ging. Hij kwam van haar vandaan. Hij was haar zaakwaarnemer vanaf de dag waarop Chepe Montiel, voor wie hij jarenlang de boekhouding had bijgehouden, gestorven was.

'Hoe zou het gaan,' zei hij.

'De een werkt zich dood,' zei de kapper alsof hij in zichzelf praatte, 'en zij zit daar in haar eentje met landerijen die je te paard nog in geen vijf dagen doorkruisen kunt. Ze schijnt eigenares van zo'n stuk of tien dorpen te zijn.'

'Drie,' zei de heer Carmichael. En hij voegde er met over-

44

tuiging aan toe: 'Er is geen betere vrouw op de hele wereld.'

De kapper liep naar de kaptafel om de kam schoon te maken. De heer Carmichael zag in de spiegel zijn geitegezicht en voor de zoveelste keer begreep hij waarom hij hem niet mocht. De kapper sprak terwijl hij naar zijn spiegelbeeld keek:

'Mooi zaakje: mijn partij is aan de macht, de politie bedreigt mijn politieke tegenstanders met de dood, en ik koop hun landerijen en hun vee tegen een prijs die ik zelf vaststel.'

De heer Carmichael boog zijn hoofd. De kapper wijdde zich opnieuw aan het knippen van zijn haren. 'Als de verkiezingen voorbij zijn,' besloot hij, 'ben ik eigenaar van drie dorpen, konkurrenten heb ik niet, en intussen blijf ik de lakens uitdelen ook al komt er een andere regering. Ik zeg je: een beter zaakje is er niet, zelfs vals geld maken niet.'

'José Montiel was al rijk lang voordat de politieke ellende begon,' zei de heer Carmichael.

'In zijn onderbroek zat hij voor de deur van een rijstpellerij,' zei de kapper. 'Men zegt dat hij pas negen jaar geleden zijn eerste schoenen aan zijn voeten kreeg.'

'En ook al was dat zo,' gaf de heer Carmichael toe, 'dan nog had de weduwe niets met de zaken van Montiel te maken.'

'Maar ze hield zich van de domme,' zei de kapper.

De heer Carmichael hief zijn hoofd op. Hij maakte het laken om zijn hals los: 'Daarom heb ik me altijd liever door mijn vrouw laten knippen,' protesteerde hij. 'Ze rekent me geen cent en bovendien praat ze me niet over politiek.'

De kapper drukte zijn hoofd naar voren en werkte zwijgend verder. Soms knipte hij met de schaar in de lucht om zijn overtollige virtuositeit te ontladen. De heer Carmichael hoorde geschreeuw op straat. Hij keek in de spiegel: vrouwen en kinderen liepen langs de deur met de meubels en het keukengerei van de overgebrachte huizen. Hij zei wrevelig:

'Rampen verteren ons en jullie gaan maar door met je politieke haat. De vervolging is al meer dan een jaar geleden afgelopen en er wordt nog steeds over gepraat.'

'De verwaarlozing waarin ze ons houden is ook vervolging,' zei de kapper.

'Maar ze slaan ons niet,' zei de heer Carmichael.

'Ons aan ons lot overlaten is ook een manier van slaan.'

De heer Carmichael begon geprikkeld te raken.

'Dat is kranteliteratuur,' zei hij.

De kapper zweeg. Hij maakte zeepschuim in een van een kalebas gemaakte kom en smeerde het met de kwast in de nek van de heer Carmichael. 'Dat komt omdat een mens soms gewoon barst van verlangen om eens te kunnen praten,' verontschuldigde hij zich. 'We krijgen niet elke dag een onpartijdig man in de zaak.'

'Met elf kinderen die gevoed moeten worden is er geen mens die niet onpartijdig is,' zei de heer Carmichael.

'Dat is waar,' zei de kapper.

Hij liet het scheermes zingen in zijn handpalm. Zwijgend schoor hij zijn nek uit, veegde de zeep met zijn vingers weg, en veegde deze aan zijn broek af. Tenslotte wreef hij de nek met een stukje aluin in. Zwijgend beëindigde hij zijn werk.

Toen hij zijn boord dichtknoopte zag de heer Carmichael de waarschuwing die met punaises op de achtermuur geprikt was: 'Verboden over politiek te praten.' Hij schudde de haartjes van zijn schouders, hing de paraplu over zijn arm en vroeg, op de waarschuwing wijzend:

'Waarom haalt u dat niet weg?'

'Dat geldt niet voor u,' zei de kapper. 'We zijn het er toch al over eens dat u een onpartijdig mens bent.'

Deze keer aarzelde de heer Carmichael niet, toen hij van de stoep wilde springen. De kapper keek hem na tot hij de hoek om ging en vervolgens keek hij opgetogen naar de troebele, dreigende rivier. Het regende niet meer, maar een loodzware wolk bleef onbeweeglijk boven het dorp hangen. Even voor enen kwam de Syriër Moisés binnen, die zich erover beklaagde dat de haren op zijn schedel uitvielen, terwijl ze in zijn nek juist uitzonderlijk snel groeiden.

De Syriër liet elke maandag zijn haar knippen. Gewoonlijk boog hij met een soort fatalisme zijn hoofd en snurkte arabisch terwijl de kapper hardop in zichzelf praatte. Maar die middag schrok hij bij de eerste vraag met een schok wakker.

'Weet u wie daarnet hier was?'

'Carmichael,' zei de Syriër.

'Ongelukkige beroerling van een Carmichael,' zei de kapper op een toon alsof hij de zin letter voor letter gespeld had. 'Ik haat dat soort mensen.'

'Carmichael is geen mens,' zei de Syriër Moisés. 'Hij heeft al in geen drie jaar een paar schoenen gekocht. Maar in de politiek doet hij wat er gedaan moet worden: met gesloten ogen houdt hij de boekhouding bij.'

Hij liet zijn kin weer op zijn borst rusten om verder te snurken, maar de kapper ging met zijn armen over elkaar voor hem staan en zei: 'Vertel me nou eens één ding, verdomde Turk: Voor wie ben je nu eigenlijk?' De Syriër antwoordde onverstoorbaar:

'Voor mezelf.'

'Zoiets doet me nu pijn,' zei de kapper. 'Je zou toch tenminste aan de vier ribben moeten denken die ze in opdracht van Chepe Montiel de zoon van je landgenoot Elías gebroken hebben.'

'Elías heeft nu eenmaal de pech dat zijn zoon politikus geworden is,' zei de Syriër. 'Maar nu leidt de jongen een lekker leventje in Brazilië, en Chepe Montiel is dood.'

Voordat hij de door de lange lijdensnachten wanordelijk geworden kamer verliet, schoor de burgemeester zijn rechterwang en liet op zijn linker de baard van acht dagen maar zitten. Hierna trok hij een schoon uniform en zijn lakschoenen aan en ging, gebruikmakend van een onderbreking in de regenbuien, naar het hotel om te lunchen.

Er zat geen mens in de eetzaal. De burgemeester liep tussen de tafels met elk vier stoelen door en nam de meest diskrete plek helemaal achterin de zaal in.

'Máscaras!' riep hij.

Er kwam een heel jong meisje aanlopen, met een korte nauwsluitende jurk en borsten hard als stenen. De burgemeester bestelde de lunch zonder haar aan te kijken. Toen ze weer naar de keuken ging, zette het meisje de radio aan die op een

47

console achterin de eetzaal stond. De nieuwsberichten kwamen door, met aanhalingen uit een redevoering die de president van de Republiek de vorige avond had uitgesproken, en vervolgens een nieuwe lijst van produkten waarvan de invoer verboden was.

Naarmate de stem van de nieuwslezer de zaal vulde, nam de hitte toe. Toen het meisje terugkwam met de soep, probeerde de burgemeester het zweten tegen te gaan door zich met zijn pet koelte toe te waaieren.

'Die radio maakt mij ook aan het zweten,' zei het meisje.

De burgemeester begon soep te eten. Hij had altijd gedacht dat dit eenzame hotel, in stand gehouden door enkele zo nu en dan langstrekkende handelsreizigers, een plek was die verschilde van de rest van het dorp. Inderdaad bestond het eerder dan het dorp. Op het bouwvallige houten balkon brachten de handelaars die uit het binnenland kwamen om de rijstoogst op te kopen, de nacht door met kaartspelen, wachtend tot de koelte van de dageraad kwam en ze konden slapen. Kolonel Aureliano Buendía, die op doortocht was naar Macondo om over de kapitulatievoorwaarden van de laatste burgeroorlog te spreken, sliep een nacht op dat balkon, in een tijd toen er mijlen in de omtrek nog geen dorpen te vinden waren. Toen was het al hetzelfde huis met houten wanden en een zinken dak, met dezelfde eetzaal en dezelfde bordpapieren tussenmuren tussen de kamers, alleen was er nog geen elektrisch licht en geen sanitair. Een oude handelsreiziger vertelde dat er tot aan het begin van de eeuw in de eetzaal een hele verzameling maskers ter beschikking van de klanten hing, en dat de aldus gemaskerde gasten hun behoeften in de patio deden, voor iedereen zichtbaar.

Om ook de rest van zijn soep op te kunnen eten moest de burgemeester zijn boord losmaken. Na de nieuwsberichten volgde een grammofoonplaat met reklame op rijm. Vervolgens een sentimentele bolero. Een man met een pepermuntstem, stervend van liefde, had besloten de hele wereld rond te reizen, een vrouw achterna. De burgemeester luisterde aandachtig naar het lied, terwijl hij op de rest van het maal wachtte, tot hij twee kleine jongens met twee stoelen en een schommelstoel langs het hotel zag komen. Er achteraan kwamen twee vrouwen en een man met potten en schalen en de rest van het meubilair.

Hij liep naar de deur en schreeuwde:

'Waar hebben jullie die rommel gestolen?'

De vrouwen bleven staan. De man legde hem uit dat ze bezig waren het huis naar hoger gelegen gebieden te vervoeren. De burgemeester vroeg waar ze het heengebracht hadden en de man wees met zijn hoed naar het zuiden:

'Daar boven, naar een stuk grond dat don Sabas ons voor dertig pesos verhuurd heeft.'

De burgemeester bekeek de meubels onderzoekend. Een half uit elkaar gevallen schommelstoel, kapotte kookpotten: de spulletjes van arme mensen. Hij dacht een ogenblik na. Eindelijk zei hij:

'Breng die spullen en al jullie oude rommel naar het stuk lege grond naast het kerkhof.'

De man raakte in de war.

'Het is gemeentegrond en het kost jullie niets,' zei de burgemeester. 'Jullie krijgen het van de gemeente cadeau.'

Vervolgens richtte hij zich tot de vrouwen en voegde eraan toe:

'En zeg tegen don Sabas dat ik hem laat zeggen dat hij zich niet als een bandiet moet gedragen.'

Hij beëindigde zijn lunch zonder werkelijk van het voedsel te genieten. Hierna stak hij een sigaret op. Hij stak een andere aan met de peuk van de eerste en bleef zo een hele tijd peinzend zitten, met zijn ellebogen op de tafel geleund, terwijl de radio sentimentele bolero's maalde.

'Waar denkt u aan?' vroeg het meisje toen ze de lege borden weg kwam nemen.

De burgemeester knipperde zelfs niet met zijn ogen.

'Aan die arme mensen.'

Hij zette zijn pet op en liep door de zaal. Bij de deur draaide hij zich om en zei: 'We zullen moeten zorgen dat dit een fatsoenlijk dorp wordt.'

Een bloedig hondengevecht versperde hem even voorbij de hoek de weg. Hij zag een wirwar van ruggen en poten in een wervelwind van gejank en daarna wat grimmig ontblote tanden en een hond die met zijn staart tussen zijn benen op drie poten weghinkte. De burgemeester ging opzij en liep over de stoep verder naar het politiebureau.

In de cel schreeuwde een vrouw, terwijl de wacht voorover op een brits zijn middagdutje lag te doen. De burgemeester schopte tegen een van de poten van de brits. De wacht werd met een schok wakker.

'Wie is dat?' vroeg de burgemeester.

De wacht nam een officiële houding aan.

'De vrouw die de schotschriften aangeplakt heeft.'

De burgemeester barstte los in verwijten tegen zijn ondergeschikten. Hij wilde weten wie die vrouw hier gebracht had en op wiens bevel ze in de cel gestopt was. De agenten gaven een omslachtige verklaring.

'Wanneer hebben ze haar erin gestopt?'

Ze hadden haar op zaterdagavond ingesloten.

'Nou dan, zorg dat zij eruit komt en dat een van jullie erin gaat,' schreeuwde de burgemeester. 'Terwijl die vrouw in de cel sliep werd het dorp nog steeds met papieren behangen.'

Zodra de zware ijzeren deur openging, kwam een vrouw van rijpere leeftijd met uitstekende beenderen en monumentale wrong die door een grote sierkam op zijn plaats gehouden werd, schreeuwend en gillend de cel uit.

'Loop naar de hel,' zei de burgemeester.

De vrouw maakte haar wrong los, schudde het lange weelderige haar verscheidene malen en stormde de trap af, schreeuwend: 'Hoer, hoer.' De burgemeester boog zich over de trapleuning en schreeuwde met al de kracht die zijn stem op kon brengen, alsof het niet alleen voor de vrouw en voor zijn agenten, maar voor het hele dorp bestemd was:

'En val me godverdomme niet langer lastig met die papiertjes.'

Hoewel het bleef motregenen ging pater Angel toch naar buiten voor zijn avondwandeling. Het was nog wat vroeg voor zijn afspraak met de burgemeester, zodat hij naar het gebied van de overstroming liep. Het enige wat hij er zag was het lijk van een kat dat tussen de bloemen dreef.

Toen hij terugkeerde begon de middag op te drogen. Werd opnieuw fel en stralend. Een barkas, beladen met vellen asfalt, voer de gezwollen, roerloze rivier af. Uit een half ingestort huis kwam een kleine jongen die riep dat hij de zee in een schelp gevonden had. Pater Angel bracht de schelp naar zijn oor. Inderdaad, daar was de zee.

De vrouw van rechter Arcadio zat als in vervoering voor de deur van haar huis, haar armen over haar buik gevouwen en haar ogen strak op de barkas gericht. Drie huizen verder begonnen de winkels, de uitstallingen van goedkope prullen en de Syriërs die onversaagd voor hun deur zaten. De middag stierf weg in helroze wolken en in het lawaai van de papegaaien en de rolstaartapen aan de overzijde.

De huizen begonnen open te gaan. Onder de vuile amandelbomen van het plein, om de limonadekarretjes heen of op de vervallen granieten banken van de drenkplaats, verzamelden zich de mannen om te praten. Pater Angel dacht erover na dat iedere middag op dat ogenblik het dorp het wonder van een gedaanteverwisseling onderging.

'Pater, herinnert u zich de gevangenen van de koncentratiekampen nog?'

Pater Angel zag dokter Giraldo niet, maar hij stelde zich voor hoe hij achter het getraliede raam zat te glimlachen. Eerlijk, hij herinnerde zich de foto's niet, maar hij wist zeker dat hij ze weleens gezien had.

'Neem maar eens een kijkje in de wachtkamer,' zei de dokter.

Pater Angel duwde de getraliede deur open. Op een matje uitgestrekt lag een wezen van ondefinieerbare kunne, niets dan botten, helemaal in een geel vel gewikkeld. Twee mannen en een vrouw zaten te wachten, met hun rug tegen de tochtdeur geleund. De pater nam geen enkele geur waar maar dacht dat dat wezen wel een intense stank moest verspreiden.

'Wie is dat?' vroeg hij.

51

'Mijn zoon,' antwoordde de vrouw. En ze voegde er, alsof ze zich ervoor verontschuldigde, aan toe: 'Hij heeft al twee jaar last van bloed in zijn ontlasting.'

De zieke draaide zijn ogen in de richting van de deur zonder zijn hoofd te bewegen. De pater voelde een soort verschrikt medelijden.

'En wat hebben ze met hem gedaan?' vroeg hij.

'We geven hem al een hele tijd onrijpe banaan,' zei de vrouw, 'maar hij wil niet, en het is toch zo'n goed middel.'

'U moet hem bij me brengen om te biechten,' zei de pater. Maar hij zei het zonder veel overtuiging. Voorzichtig sloot hij de deur en raspte met zijn nagel over het traliewerk van het raam, drukte zijn gezicht er tegen aan om de dokter binnen te kunnen zien. Dokter Giraldo was iets aan het fijnstampen in een vijzel.

'Wat heeft hij?' vroeg de pater.

'Ik heb hem nog niet onderzocht,' antwoordde de dokter; en hij voegde er peinzend aan toe: 'Dat zijn van die dingen, pater, die de mensen door Gods wil overkomen.'

Pater Angel negeerde die opmerking.

'Geen enkele van de doden die ik in mijn leven gezien heb zag er zo dood uit als die arme jongen,' zei hij.

Hij groette en ging weg. Er lagen geen boten in de haven. Het begon donker te worden. Pater Angel begreep dat zijn geestesgesteldheid veranderd was sinds hij de zieke gezien had. Plotseling merkte hij dat hij te laat kwam voor zijn afspraak en hij verhaastte zijn stap naar het politiebureau.

De burgemeester zat volkomen in elkaar gezakt op een vouwstoel, met zijn hoofd tussen zijn handen.

'Goedemiddag,' zei de pater zeer langzaam.

De burgemeester hief zijn hoofd op en de pater schrok van die ogen, die rood waren geworden door de wanhoop. Hij had één frisse, pasgeschoren wang, maar de andere was een struikgewas, bemodderd door een askleurige zalf. Hij riep in een doffe klacht:

'Pater, ik schiet me voor mijn kop.'

Pater Angel was ten zeerste ontsteld.

'U vergiftigt uzelf nog eens met al die verdovende middelen,' zei hij.

De burgemeester liep stampend naar de muur en met allebei zijn handen zijn haar vastgrijpend sloeg hij krachtig met zijn hoofd tegen de planken. Nooit was de pater getuige geweest van zoveel smart.

'Neemt u nog twee tabletjes,' zei hij, tot zijn eigen verbijstering. 'Van nog twee erbij zult u heus niet doodgaan.'

Hij was het niet alleen werkelijk, maar hij was er zich ook ten volle van bewust dat hij tegenover de menselijke pijn een onhandige lomperd was. Hij keek rond in de kale ruimte van het vertrek of hij de aspirientjes kon vinden. Tegen de wanden stond een half dozijn leren krukjes, een glazen kast propvol met stoffige papieren, en een aan een spijker opgehangen portret van de president van de republiek. Het enige spoor van de aspirientjes waren de lege cellofaanverpakkingen die over de vloer verspreid lagen.

'Waar zijn ze?' vroeg hij wanhopig.

'Ze helpen helemaal niet meer,' zei de burgemeester.

De pastoor kwam naar hem toe, herhaalde: 'Zeg me waar ze zijn.' De burgemeester draaide zich met een heftige schok om en pater Angel zag op maar enkele centimeters afstand van zijn ogen een reusachtig, monsterachtig gezicht.

'Godverdomme,' schreeuwde de burgemeester. 'Ik zei toch al dat ik geen geouwehoer meer wil.'

Hij hief een krukje boven zijn hoofd en smeet het met al de kracht van zijn wanhoop tegen de glazen kast aan. Pater Angel begreep pas wat er gebeurde na de onmiddellijk hieropvolgende hagelbui van glas, terwijl de burgemeester als een serene verschijning uit de stofnevel begon op te doemen. Op dat ogenblik heerste er een volmaakte stilte.

'Burgemeester,' mompelde de pater.

In de gangdeur stonden de agenten met de geweren in de aanslag. De burgemeester keek naar hen zonder hen te zien, ademend als een kat, en ze lieten de geweren zakken maar bleven onbeweeglijk bij de deur staan. Pater Angel leidde de burgemeester bij zijn arm naar de vouwstoel.

'Waar zijn de aspirientjes?' drong hij aan.

De burgemeester sloot zijn ogen en gooide zijn hoofd achterover. 'Ik slik die rotzooi niet meer,' zei hij. 'Mijn oren suizen en de botten van mijn schedel slapen.' Gedurende de korte pauze die de pijn hem gunde draaide hij zijn hoofd om naar de pater en vroeg:

'Hebt u nog met die kiezentrekker gepraat?'

De pater knikte zwijgend. Uit de uitdrukking op zijn gezicht, die op het antwoord volgde, begreep de burgemeester de resultaten van het onderhoud.

'Waarom praat u niet eens met dokter Giraldo?' stelde de pater voor. 'Er zijn ook gewone dokters die kiezen trekken.'

De burgemeester aarzelde met zijn antwoord. 'Hij zal wel zeggen dat hij geen tang heeft,' zei hij. En hij voegde eraan toe:

'Het is een samenzwering.'

Hij profiteerde van de pijnpauze om even van die meedogenloze middag uit te rusten. Toen hij zijn ogen weer opende was het vertrek in schemer gehuld. Hij zei, zonder pater Angel te zien:

'U kwam voor César Montero.'

Hij hoorde geen antwoord. 'Met die pijn heb ik niets kunnen doen,' vervolgde hij. Hij stond op om het licht aan te steken, en de eerste golf muskieten kwam door de balkondeuren naar binnen. Pater Angel onderging de schrik van het late uur.

'De tijd gaat voorbij,' zei hij.

'In elk geval moeten we hem woensdag sturen,' zei de burgemeester. 'Morgen regelen we wat er geregeld moet worden en 's middags kan hij biechten.'

'Hoe laat?'

'Om vier uur.'

'Ook al regent het?'

De burgemeester ontlaadde in één blik al het in twee weken van lijden onderdrukte ongeduld.

'Al gaat de wereld ten onder, pater.'

De pijn was onkwetsbaar geworden voor de pijnstillende middelen. De burgemeester hing de hangmat op het balkon van zijn kamer en probeerde te slapen in de koelte van de eerste avonduren. Maar voor het acht uur was verv/iel hij opnieuw tot wanhoop en ging naar het plein, dat lethargisch terneerlag onder een zware golf van warmte.

Nadat hij wat in de omgeving rondgelopen had zonder de bezieling op te doen die hij nodig had om de pijn het hoofd te bieden, ging hij de bioskoop binnen. Dat was een vergissing. Het gebrom van de oorlogsvliegtuigen vergrootte de hevigheid van de pijn nog. Vóór de pauze verliet hij de bioskoop en kwam bij de apotheek aan net op het moment dat don Lalo Moscote de zaak wilde gaan sluiten.

'Geef me het sterkste middel tegen kiespijn dat u hebt.'

De apotheker onderzocht de wang met een verbijsterd gezicht. Toen liep hij naar de achterkant van zijn zaak, tussen een dubbele rij kasten met glazen deuren door, die helemaal gevuld waren met porseleinen potjes, elk met de naam van het produkt in blauwe letters erop geschreven. Toen hij hem zo van achteren zag, begreep de burgemeester dat die man met zijn gespierde, rozerode nek misschien een ogenblik van groot geluk beleefde. Hij kende hem. Hij woonde in twee kamers achter de apotheek en zijn echtgenote, een buitengewoon dikke vrouw, was al sinds vele jaren verlamd.

Don Lalo Moscote kwam weer naar de toonbank terug met een porseleinen potje zonder etiket, dat toen hij het dekseltje eraf haalde een geur van zoete kruiden verspreidde.

'Wat is dat?'

De apotheker stak zijn vingers tussen de droge zaadjes van het potje. 'Tuinkers,' zei hij. 'Goed kauwen en het sap langzaam inslikken: iets beters voor gezwellen is er niet.' Hij schudde verscheidene zaadjes in zijn handpalm en zei, terwijl hij de burgemeester over zijn brilleglazen heen aankeek:

'Doe uw mond open.'

De burgemeester trok zijn hoofd terug. Hij draaide het potje rond om zich ervan te overtuigen dat er niets op geschreven stond, en keek toen de apotheker weer aan.

'Geef me maar iets buitenlands,' zei hij.

'Dit is beter dan wat voor buitenlands spul ook,' zei don Lalo Moscote. 'Het wordt gegarandeerd door drieduizend jaren volkswijsheid.'

Hij begon de zaadjes in een stukje krantepapier te pakken. Hij zag er niet uit als een gezinshoofd. Hij had meer iets van een moederlijke oom, zoals hij daar de tuinkers inpakte met de liefdevolle ijver van iemand die een papieren vogeltje voor kinderen maakt. Toen hij zijn hoofd weer ophief, glimlachte hij.

'Waarom laat u hem er niet uit halen?'

De burgemeester gaf geen antwoord. Hij betaalde met een bankbiljet en verliet de apotheek zonder op het wisselgeld te wachten.

Toen het al middernacht geslagen had, lag hij nog altijd rond te draaien in zijn hangmat zonder dat hij het waagde de zaadjes op te kauwen. Omstreeks elf uur, op het hoogtepunt van de hitte, was er een stortbui gevallen die overging in een fijne motregen. Uitgeput door de koorts, rillend van het plakkerige koude zweet, strekte de burgemeester zich voorover in de hangmat uit, opende zijn mond en begon in gedachten te bidden. Hij bad tot het uiterste, zijn spieren gespannen in de laatste kramp, maar zich ervan bewust dat, hoe meer hij zijn best deed om kontakt met God te krijgen, met des temeer kracht de pijn hem in tegengestelde richting dreef. Toen trok hij zijn laarzen en zijn regenjas over zijn pyjama aan en liep naar het politiebureau.

Schreeuwend en tierend stormde hij binnen. De agenten, gevangen in een wirwar van werkelijkheid en nachtmerrie, liepen elkaar in de gang ondersteboven terwijl ze in het donker naar de wapens zochten. Toen de lichten aangingen waren ze half gekleed en wachtten de bevelen af.

'González, Rovira, Peralta,' schreeuwde de burgemeester.

De drie genoemden maakten zich los van de groep en kwamen om de burgemeester heen staan. Er was geen enkele aanwijsbare reden die zijn keus kon rechtvaardigen: alle drie waren doodgewone mestiezen. Een van hen, die wat kinderlijker trekken en zeer kortgeknipt haar had, was in zijn flanelletje. De andere twee droegen hun flanelletje direkt onder hun uniformjasje, dat ze niet dichtgeknoopt hadden.

Ze kregen geen duidelijk omschreven bevel. Met vier treden tegelijk stormden ze achter de burgemeester aan de trap af en verlieten in ganzemars het politiebureau; ze staken de straat over zonder zich om de druilerige regen te bekommeren en hielden voor het huis van de tandarts halt. In twee stormaanvallen sloegen ze met kolfstoten de hele deur in diggelen. Ze waren al in het huis toen de lichten van de vestibule aangingen. Een kleine kale man, wiens pezen vlak onder zijn huid lagen, verscheen in zijn onderbroek in de deuropening achter in de gang en probeerde zijn ochtendjas aan te schieten. Het eerste ogenblik bleef hij als verlamd staan met één arm omhoog en wijdopen mond, als in het flitslicht van een fotograaf. Vervolgens maakte hij een sprongetje naar achteren en botste tegen zijn vrouw op, die in nachthemd uit de slaapkamer kwam.

'Rustig,' schreeuwde de luitenant.

De vrouw zei: 'Ai,' sloeg haar handen voor haar mond en ging de slaapkamer weer binnen. De tandarts liep naar de vestibule terwijl hij het koord van de ochtendjas dichtknoopte, en toen pas herkende hij de drie agenten die hun geweren op hem gericht hielden, en de burgemeester, bij wie het water over zijn hele lijf stroomde, kalm, met zijn handen in de zakken van zijn regenjas.

'Als mevrouw uit de kamer komt, wordt er op haar geschoten,' zei de burgemeester.

De tandarts greep de deurknop vast en riep naar binnen: 'Je hebt het gehoord, meissie,' en met een zorgvuldig gebaar sloot hij de deur van de slaapkamer. Vervolgens liep hij naar de praktijkkamer, via het verschoten bamboe meubilair, in de gaten gehouden door de natte ogen van de geweerlopen. Twee agenten gingen hem voor in de deur van de praktijkkamer. De ene stak het licht op; de andere liep regelrecht naar het bureau en haalde een revolver uit de la.

'Er moet er nog een zijn,' zei de burgemeester.

Hij was het laatst binnengekomen, na de tandarts. De twee agenten stelden een nauwkeurig onderzoek in, terwijl de derde de deur bewaakte. Ze keerden de instrumentenlade van het bureau om, waardoor gipsvormen, onafgemaakte kunstgebitten, losse tanden en gouden kronen over de grond verspreid werden; ze leegden de porseleinen potjes uit de glazen kast en scheurden met snelle sneden van de bajonet het zeildoeken kussen van de tandartsenstoel en de spiraalveren zitting van de draaistoel open.

'Het is een grote '38, lange loop,' preciseerde de burgemeester.

Hij keek de tandarts aan: 'U kunt beter ineens zeggen waar hij is,' zei hij. 'We hebben geen zin het hele huis te vernielen.'

Achter de goudomrande brilleglazen waren de kalme, half dichtgeknepen ogen van de tandarts, die niets onthulden.

'Ik heb geen haast,' antwoordde hij rustig, 'als jullie daar zin in hebben ga je maar rustig door met vernielen.'

De burgemeester dacht na. Nadat hij het kleine vertrek van ongeschaafde planken nog eens onderzoekend bekeken had, liep hij naar de stoel en gaf zijn agenten enkele korte, bitse bevelen. De ene liet hij bij de straatdeur plaatsnemen, de andere bij de ingang van de praktijkkamer, en de derde bij het raam. Toen hij in de stoel ging zitten, en pas op het moment waarop hij zijn natte regenjas losknoopte, voelde hij zich omringd door koude metalen. Diep ademde hij de door lysol ijl geworden lucht in en liet zijn hoofd tegen de hoofdsteun rusten, waarbij hij trachtte zijn ademhaling te regelen. De tandarts raapte een paar instrumenten van de grond op en deponeerde ze in een pannetje om ze uit te koken.

Hij bleef met zijn rug naar de burgemeester staan en keek naar het blauwe vlammetje van het komfoor met dezelfde uitdrukking op zijn gezicht als wanneer hij alleen in de spreekkamer geweest was. Toen het water kookte, omwikkelde hij de steel van het pannetje met een stuk papier en bracht het naar de stoel. De doorgang werd door de agent versperd. De tandarts hield het pannetje omlaag om de burgemeester boven de damp uit te kunnen zien en zei:

'Geef die moordenaar daar bevel dat hij ergens gaat staan waar hij niet in de weg staat.'

Op een wenk van de burgemeester verwijderde de agent zich van het raam om de doorgang naar de stoel vrij te laten. Hij schoof een stoel naar de muur en ging er wijdbeens op zitten, het geweer dwars over zijn dijen gelegd, zonder zijn waakzaamheid te doen verslappen. De tandarts stak de lamp aan. Verblind door dat plotselinge licht sloot de burgemeester zijn ogen en opende zijn mond. De pijn was opgehouden.

De tandarts spoorde de zieke kies op, waarbij hij met zijn wijsvinger de ontstoken wang opzijdrukte en met zijn andere hand de beweegbare lamp richtte, volkomen ongevoelig voor de angstige ademhaling van de patiënt. Hierna stroopte hij zijn mouw tot de elleboog op en maakte zich gereed de kies te trekken.

De burgemeester greep hem bij de pols.

'Verdoving,' zei hij.

Hun blikken kruisten elkaar voor het eerst.

'Jullie doden zonder verdoving,' zei de tandarts zacht.

De burgemeester voelde in de hand, die de tang vasthield, geen enkele poging om zich te bevrijden. 'Breng de ampullen hier,' zei hij. De agent die in de hoek opgesteld was richtte de loop van het geweer op hen, en beiden hoorden vanaf de stoel het geluid van het geweer dat in de aanslag werd gebracht.

'En als er nu eens geen zijn,' zei de tandarts.

De burgemeester liet de pols los. 'Ze moeten er zijn,' antwoordde hij, terwijl hij met een mistroostige belangstelling naar de over de vloer verspreide voorwerpen keek. De tandarts observeerde hem met een medelijdende aandacht. Vervolgens duwde hij zijn hoofd tegen het hoofdsteuntje en, voor het eerst tekenen van ongeduld vertonend, zei hij:

'Wees nu eens niet zo laf, luitenant; met zo'n abces valt er niets te verdoven.'

Toen het verschrikkelijkste ogenblik van zijn leven voorbij was, verminderde de burgemeester de spanning van zijn spieren en bleef uitgeput in de stoel liggen, terwijl de door de vochtigheid op het effen kartonnen plafond getekende symbolen zich tot aan zijn dood in zijn geheugen vastzetten. Hij voelde dat de tandarts in de waterkom zijn handen aan het wassen was. Hij voelde dat hij de laden van het bureau weer op hun plaats bracht, en zwijgend enkele voorwerpen van de grond opraapte.

'Rovira,' riep de burgemeester. 'Zeg tegen González dat hij binnen moet komen en rapen jullie dan alles van de grond op tot het weer precies zo is als je het gevonden hebt.'

De agenten deden wat hun bevolen was. De tandarts kneep een prop watten tussen de tang, dompelde hem in een ijzerkleurige vloeistof en drukte hem op de wond. De burgemeester onderging een gevoel van oppervlakkige hitte. Nadat de tandarts zijn mond had dichtgedrukt, bleef hij met zijn ogen strak op het effen plafond gericht, oplettend luisterend naar geluiden die de agenten maakten terwijl ze met behulp van hun geheugen de uiterst precieze orde van de praktijkkamer probeerden te herstellen. De torenkok sloeg twee uur. Een roerdomp die een minuut achterliep herhaalde de tijd temidden van het geruis van de regen.

Een ogenblik later, toen hij wist dat ze klaar waren, gaf de burgemeester zijn agenten door gebaren te kennen dat ze naar het bureau terug moesten gaan.

De tandarts was al die tijd naast de stoel blijven staan. Toen de agenten naar buiten gingen nam hij de prop watten van het tandvlees weg. Vervolgens onderzocht hij met behulp van de lamp het inwendige van de mond, sloot de kaken opnieuw en draaide de lamp weg. Alles was afgelopen. En toen bleef in het warme vertrek dat verdrietige gevoel hangen dat alleen de schoonmakers van een theater kennen, als de laatste akteur vertrokken is.

'Bedankt,' zei de burgemeester.

De tandarts stak zijn handen in de zakken van zijn ochtendjas en deed een stapje achteruit om hem te laten passeren.

'Er was een bevel tot huiszoeking,' vervolgde de burgemeester, terwijl zijn ogen naar iets achter de lichtkring zochten. 'Er waren nauwkeurige instrukties om wapens en munitie te zoeken en dokumenten met alle bijzonderheden over

60

een samenzwering op nationaal niveau.' Hij richtte zijn nog vochtige ogen op de tandarts en voegde eraan toe:

'U weet dat het waar is.'

De tandarts bleef ondoorgrondelijk.

'Ik meende er goed aan te doen dit bevel niet te gehoorzamen,' vervolgde de burgemeester. 'Maar ik heb me vergist. Nu wordt alles anders, de rechten van de oppositie zijn gewaarborgd en iedereen leeft in vrede en u blijft maar als een samenzweerder denken.'

De tandarts veegde met zijn mouw de zitting van de stoel droog en keerde hem toen om zodat de niet vernielde kant boven lag.

'Uw houding is schadelijk voor het dorp,' vervolgde de burgemeester, op het kussen wijzend, zonder zich om de peinzende blik te bekommeren die de tandarts op zijn wang wierp. 'Nu moet de gemeente al die rommel betalen, en de straatdeur ook nog. Een hele hoop geld, en dat alleen maar door uw koppigheid.'

'U moet met fenegriekwater spoelen,' zei de tandarts.

Rechter Arcadio raadpleegde het woordenboek van het telegraafkantoor, want uit het zijne ontbraken enkele letters. Hij
werd er niets wijzer van: *Naam van een schoenmaker uit Rome die
beroemd was om de hekelgedichten die hij tegen iedereen schreef*, en nog
meer van die omschrijvingen zonder enig belang. Met hetzelfde historische recht, dacht hij, zou je een anonieme belediging
die op de deur van een huis aangeplakt was een 'marforio'
kunnen noemen. Hij was niet teleurgesteld. Gedurende de
twee minuten die hij aan het raadplegen van het woordenboek
besteedde, onderging hij voor de eerste maal sinds lange tijd
de gemoedsrust van de vervulde plicht.

De telegrafist zag dat hij het woordenboek weer op de boe-
kenplank zette, tussen de vergeten stapels reglementen en
voorschriften betreffende posterijen en telegrafie, en brak de
overbrenging van een bericht met een energieke waarschuwing af. Vervolgens liep hij, terwijl hij de kaarten schudde,
naar de rechter toe, bereid om de truc die nu in de mode was te
herhalen: het raden van de drie kaarten. Maar rechter Arcadio besteedde geen aandacht aan hem. 'Ik heb het nu erg
druk,' verontschuldigde hij zich, en hij liep de verzengend hete
straat op, achtervolgd door de verwarrende zekerheid dat het
nog maar nauwelijks elf uur was en dat deze dinsdag nog vele
uren over had die hij gebruiken moest.

In zijn kantoor zat de burgemeester op hem te wachten met
een moreel probleem. Onmiddellijk na de laatste verkiezingen
had de politie de stembewijzen van de oppositiepartij in be-
slag genomen en vernietigd. De meeste inwoners van het
dorp zaten nu zonder identiteitspapieren.

'Die mensen die hun huizen aan het verplaatsen zijn,' besloot de burgemeester met wijduitgespreide armen, 'die weten niet eens hoe ze heten.'

Rechter Arcadio begreep dat achter die wijduitgespreide armen een oprecht verdriet schuilging. Maar het probleem van
de burgemeester was heel simpel: hij hoefde alleen maar de
aanstelling van een ambtenaar van de burgerlijke stand aan te

vragen. De sekretaris maakte de oplossing nog eenvoudiger: 'U hoeft hem alleen maar te laten halen,' zei hij. 'Hij is al zo ongeveer een jaar geleden aangesteld.'

De burgemeester herinnerde het zich. Maanden geleden, toen hij het bericht van de aanstelling van een ambtenaar van de burgerlijke stand ontving, had hij een interlokaal telefoongesprek aangevraagd om te weten te komen hoe hij hem ontvangen moest, en ze hadden hem geantwoord: 'Neerschieten.' Nu kwamen er andere bevelen. Hij wendde zich met zijn handen in zijn zakken tot de sekretaris en zei:

'Schrijf de brief maar.'

Het geratel van de schrijfmachine bracht in het kantoor een dynamische atmosfeer teweeg, die zijn weerklank had in het binnenste van rechter Arcadio. Hij merkte dat hij leeg was van binnen. Uit het zakje van zijn hemd haalde hij een slappe sigaret die hij, voor hij hem aanstak, tussen zijn handpalmen wreef. Daarna liet hij de stoel achteroverzakken, tot de uiterste grens van de veren, en in die houding verraste hem de definitieve zekerheid dat hij nu een minuut van zijn leven leefde.

Hij formuleerde de zin voordat hij hem uitsprak:

'Als ik u was zou ik ook een ambtenaar van het openbaar ministerie aanstellen.'

In tegenstelling tot wat hij verwachtte, antwoordde de burgemeester niet onmiddellijk. Hij keek op de klok maar zag niet hoe laat het was. Hij nam genoegen met de konstatering dat het nog een hele tijd duurde voor hij kon gaan lunchen. Toen hij sprak, was het zonder enthousiasme: hij kende de procedure niet om de ambtenaar van het openbaar ministerie aan te stellen.

'De procureur werd door de gemeentenraad benoemd,' legde rechter Arcadio uit. 'Maar aangezien er tegenwoordig geen gemeenteraad is, wordt u door het regime van de staat van beleg gemachtigd hem te benoemen.'

De burgemeester luisterde terwijl hij de brief zonder hem te lezen ondertekende. Hierna gaf hij een geestdriftig kommentaar, maar de sekretaris maakte een opmerking van ethische aard over de door zijn superieuren aanbevolen procedure. Rechter Arcadio hield vol: het was een nood-procedure onder een nood-regime.

'Dat komt me bekend voor,' zei de burgemeester.

Hij nam zijn pet af om zich koelte toe te waaieren en rechter Arcadio zag de streep die de rand op zijn voorhoofd achtergelaten had. Aan de manier waarop hij zich koelte toewaaierde merkte hij dat de burgemeester nog niet klaar was met denken. Met de lange gebogen nagel van zijn pink tikte hij de as van zijn sigaret en wachtte.

'Weet u soms een kandidaat?' vroeg de burgemeester.

Het was duidelijk dat hij zich tot de sekretaris richtte.

'Een kandidaat,' herhaalde de rechter terwijl hij zijn ogen sloot.

'Als ik u was zou ik een eerlijk man benoemen,' zei de sekretaris.

De rechter maakte die brutaliteit weer goed.

'Dat spreekt vanzelf,' zei hij, en hij keek de beide mannen beurtelings aan.

'Bijvoorbeeld...' zei de burgemeester.

'Ik zou er nu geen weten,' zei de rechter peinzend.

De burgemeester liep naar de deur. 'Denk er maar eens over na,' zei hij. 'Als we uit het probleem van de overstroming komen, lossen we het probleem van de procureur op.'

De sekretaris bleef over de schrijfmachine gebogen zitten tot hij de voetstappen van de burgemeester niet meer hoorde.

'Hij is gek,' zei hij toen. 'Anderhalf jaar geleden hebben ze de procureur met geweerkolven z'n kop in elkaar geslagen en nu zoekt hij een kandidaat aan wie hij dat baantje cadeau kan doen.'

Rechter Arcadio sprong overeind.

'Ik ga,' zei hij. 'Ik heb geen zin mijn lunch te laten verpesten door die gruwelverhalen van jou.'

Hij verliet het kantoor. Er was een onheilspellend element in de samenstelling van de middag. De sekretaris merkte het op, met zijn gevoeligheid voor alles wat met bijgeloof te maken had. Toen hij het hangslot op de deur deed, had hij het gevoel of hij iets uithaalde dat verboden was. Hij vluchtte. In de deuropening van het telegraafkantoor haalde hij rechter Arcadio in, die wel graag wilde weten of de truc met de kaarten ook op de een of andere manier op poker van toepassing was. De telegrafist weigerde het geheim te openbaren. Hij ging zo ver de truc eindeloos te herhalen om rechter Arcadio de kans te geven zelf de sleutel tot het geheim te ontdekken. Ook de sekretaris keek toe hoe hij te werk ging. Tenslotte was hij tot een konklusie gekomen. Maar rechter Arcadio daarentegen keek zelfs niet naar de drie kaarten. Hij wist dat het dezelfde waren die hij op goed geluk uitgekozen had en dat de telegrafist ze hem teruggaf zonder ze zelfs maar gezien te hebben.

'Het is een kwestie van toverij,' zei de telegrafist.

Op dat moment dacht rechter Arcadio alleen maar aan de volgende onderneming: de straat oversteken. Toen hij tenslotte maar besloot op weg te gaan, pakte hij de sekretaris bij zijn arm en verplichtte hem, zich samen met hem in die atmosfeer van gesmolten glas onder te dompelen. Op het schaduwrijke trottoir aan de overkant kwamen ze weer boven. Toen verklaarde de sekretaris hem het geheim van de truc. Het was zo simpel dat rechter Arcadio zich beledigd voelde.

Ze liepen een eindje zwijgend verder.

'Natuurlijk,' zei de rechter plotseling, 'hebt u niets ontdekt.'

De sekretaris bleef even staan om naar de betekenis van die zin te zoeken.

'Het is erg moeilijk,' zei hij tenslotte. 'De meeste schotschriften worden vóór het licht wordt alweer afgescheurd.'

'Dat is ook zo'n truc die ik niet begrijp,' zei rechter Arcadio. 'Ik zou niet wakker liggen van een schotschrift dat toch door geen mens gelezen wordt.'

'Dat is het juist,' zei de sekretaris, die opnieuw bleef staan want hij was nu voor zijn huis gekomen. 'Waar ze wakker van blijven liggen dat zijn niet de schotschriften, maar dat is de angst voor de schotschriften.'

Hoewel ze onvolledig waren, wilde rechter Arcadio toch de details kennen die de sekretaris te weten gekomen was. Hij schreef de gevallen op, met namen en data: elf in zeven dagen. Tussen de elf namen bestond geen enkele relatie. Allen die de schotschriften gezien hadden, waren het erover eens dat ze met een penseel geschreven waren, in blauwe inkt en drukletters, hoofdletters en kleine letters door elkaar, alsof het door een kind geschreven was. De spelling was zo absurd dat de fouten wel opzettelijk leken. Ze onthulden geen enkel geheim: er werd niets in gezegd dat niet al een tijdje algemeen bekend was.

Hij had al alle mogelijke veronderstellingen geuit toen de Syriër Moisés hem vanuit zijn winkel riep.

'Hebt u een peso?'

Rechter Arcadio begreep het niet. Maar hij keerde zijn zakken binnenste buiten: vijfentwintig centavos en een noordamerikaanse munt die hij sinds zijn studententijd als amulet gebruikte. De Syriër Moisés nam de vijfentwintig centavos van hem aan.

'Neemt u maar mee wat u wilt en betaal me wanneer u wilt,' zei hij. Hij liet de geldstukken rinkelend in de lege la vallen. 'Ik wil niet dat het twaalf uur slaat voordat ik wat verkocht heb.'

Zodat, toen het twaalf uur sloeg, rechter Arcadio beladen met presentjes voor zijn vrouw thuiskwam. Hij ging op de rand van het bed zitten om van schoenen te wisselen terwijl zij een lap bedrukte zij om haar lichaam wikkelde. Ze stelde zich voor hoe ze er, na de bevalling, in de nieuwe jurk uit zou zien. Ze gaf haar man een kus op zijn neus. Hij probeerde haar te ontwijken, maar ze liet zich voorover over hem heen vallen, dwars over het bed. Ze bleven onbeweeglijk liggen. Rechter Arcadio streelde met zijn hand over haar rug, voelde de warmte van haar omvangrijke buik, tot hij het kloppen in zijn lenden merkte.

Ze hief haar hoofd op. Ze fluisterde, met haar tanden op elkaar gedrukt:

'Wacht even en doe eerst de deur dicht.'

De burgemeester wachtte tot ze het laatste huis geplaatst

hadden. In twintig uur hadden ze een heel nieuwe straat gemaakt die, breed en effen, plotseling voor de muur van het kerkhof eindigde. Nadat hij hen geholpen had de meubels op hun plaats te zetten, waarbij hij schouder aan schouder met de eigenaars gewerkt had, ging de burgemeester bijna stikkend van benauwdheid de dichtstbijzijnde keuken binnen. De soep kookte op een stookplaats van stenen die op de vloer geïmproviseerd was. Hij nam het deksel van de aarden pot af en snoof een ogenblik de dikke damp op. Aan de andere kant van de stookplaats stond een magere vrouw met grote, kalme ogen zwijgend naar hem te kijken.

'We gaan zeker eten,' zei de burgemeester.

De vrouw gaf geen antwoord. Zonder dat hij uitgenodigd was bediende de burgemeester zich van een bord soep. Toen liep de vrouw naar de kamer om een stoel te halen en zette die voor de tafel neer, zodat de burgemeester kon gaan zitten. Terwijl hij de soep at, keek hij met een soort eerbiedige ontzetting naar het erf. Gisteren was het nog een kaal stuk grond. Nu hing er wasgoed te drogen en twee varkens wentelden zich in de modder.

'Jullie kunnen er zelfs zaaien,' zei hij.

De vrouw antwoordde zonder om te kijken: 'Dat eten de varkens op.' Hierna legde ze op hetzelfde bord een stuk in water en zout gekookt vlees, twee stukken yucca en een halve groene banaan, en bracht dat naar de tafel. Op in het oog lopende wijze legde ze in die edelmoedige daad alle onverschilligheid waartoe ze in staat was. De burgemeester probeerde glimlachend haar blik te vangen.

'Er is genoeg voor allemaal,' zei hij.

'God geve dat het u slecht bekomt,' zei de vrouw zonder hem aan te kijken.

Hij negeerde de onheilswens. Hij wijdde zich geheel en al aan het middagmaal, zonder zich om de stromen zweet te bekommeren die langs zijn hals omlaagliepen. Toen hij klaar was nam de vrouw het lege bord weg, nog altijd zonder hem aan te kijken.

'Hoe lang gaan jullie zo door?' vroeg de burgemeester.

De vrouw antwoordde zonder dat de kalme uitdrukking op haar gezicht veranderde.

'Tot onze doden die ze vermoord hebben weer uit de dood verrijzen.'

'Tegenwoordig is het anders,' legde de burgemeester uit. 'De nieuwe regering bekommert zich om het welzijn van de burgers. Maar jullie...'

De vrouw viel hem in de rede.

'Het zijn dezelfden, met dezelfde...'

'Zo'n wijk als deze, in vierentwintig uur opgebouwd, zoiets zag je vroeger niet,' hield de burgemeester vol. 'We proberen hier een fatsoenlijk dorp van te maken.'

De vrouw haalde het schone goed van de lijn en bracht het naar de kamer. De burgemeester keek haar na tot hij het antwoord hoorde:

'Dit was een fatsoenlijk dorp totdat jullie kwamen.'

Hij wachtte de koffie niet af. 'Ondankbare honden,' zei hij. 'We geven jullie land en nog klagen jullie.'

De vrouw gaf geen antwoord. Maar toen de burgemeester door de keuken naar de straat liep, mompelde ze, over het vuur gebogen:

'Hier zal het nog erger zijn. We zullen ons jullie nog beter herinneren met al die doden achter het huis.'

De burgemeester probeerde een middagdutje te doen voordat de motorboten kwamen. Maar de hitte was ondraaglijk. De zwelling van zijn wang begon te minderen. Maar toch voelde hij zich niet goed. Twee uren lang volgde hij de onmerkbare stroming van de rivier, terwijl hij het gesjirp van een cicade in de kamer hoorde. Hij dacht aan niets.

Toen hij de motoren van de boten hoorde, kleedde hij zich helemaal uit, veegde het zweet af met een handdoek, en trok een ander uniform aan. Toen zocht hij de cicade, pakte het beest met duim en wijsvinger beet en ging de straat op. Uit de menigte die op de boten wachtte kwam een schoongewassen, goedgekleed jongetje tevoorschijn, dat hem de weg versperde met een plastic machinepistool. De burgemeester gaf hem de cicade.

Een ogenblik later, toen hij in de winkel van de Syriër Moisés zat, keek hij naar het manoeuvreren van de boten. Het haventje kolkte gedurende tien minuten. De burgemeester had een zwaar gevoel in zijn maag en een begin van hoofdpijn, en hij herinnerde zich de onheilswens van de vrouw. Daarna werd hij weer rustig, terwijl hij naar de passagiers keek die het houten dek overstaken en na acht uur bewegingloosheid de spieren strekten.

'Dezelfde rotzooi,' zei hij.

De Syriër Moisés deelde hem een nieuwtje mee: er kwam een circus. De burgemeester wist dat al, hoewel hij niet had kunnen zeggen waarom. Misschien vanwege een hoop palen en kleurige doeken die op de motorboot opgestapeld lagen, en twee vrouwen die in precies dezelfde gebloemde jurken gehuld waren, als één enkel maar verdubbeld iemand.

'Er komt tenminste een circus,' mompelde hij.

De Syriër Moisés praatte over wilde dieren en goochelaars. Maar de burgemeester dacht anders over het circus. Met zijn benen voor zich uitgestrekt keek hij naar zijn schoenen.

'Er zit vooruitgang in het dorp,' zei hij.

De Syriër Moisés hield op met zich koelte toe te waaieren. 'Weet je voor hoeveel ik vandaag verkocht heb?' vroeg hij. De burgemeester waagde zich aan geen enkele schatting, maar wachtte het antwoord af.

'Vijfentwintig centavos,' zei de Syriër.

Op dat ogenblik zag de burgemeester de telegrafist de postzak openmaken om dokter Giraldo zijn brieven te overhandigen. Hij riep hem. De officiële post kwam in een ander soort envelop. Hij verbrak de zegels en zag dat het de gewone dagelijkse mededelingen en gedrukte propagandablaadjes van het regime waren. Toen hij alles gelezen had, zag de kade er heel anders uit: balen met goederen, kratten met kippen en de raadselachtige apparaten van het circus. Het begon te schemeren. Hij richtte zich zuchtend op:

'Vijfentwintig centavos.'

'Vijfentwintig centavos,' herhaalde de Syriër met krachtige stem, bijna zonder accent.

69

Dokter Giraldo keek tot het einde toe naar het lossen van de boten. Hij vestigde de aandacht van de burgemeester op een krachtig gebouwde vrouw met een streng voorkomen en verscheidene stellen armbanden om beide armen. Het leek wel of ze onder een kleurige parasol op de Messias wachtte. De burgemeester dacht niet lang over de pas aangekomene na.

'Dat zal de dierentemster wel zijn,' zei hij.

'In zeker opzicht hebt u gelijk,' zei dokter Giraldo, de woorden afbijtend met zijn dubbele rij scherpe tanden. 'Het is de schoonmoeder van César Montero.'

De burgemeester volgde haar op een afstand. Hij keek op zijn horloge: vijf over half vier. In de deur van het politiebureau vertelde de wacht hem dat pater Angel een half uur op hem had zitten wachten en dat hij om vier uur terug zou komen.

Weer op straat, zonder te weten wat hij doen moest, zag hij de tandarts voor het raam van zijn spreekkamer en hij liep naar hem toe om hem om vuur te vragen. Dokter Escobar gaf het hem, terwijl hij naar de nog altijd gezwollen wang keek.

'Ik ben al beter,' zei de burgemeester.

Hij opende zijn mond. De tandarts merkte op:

'Er moeten er heel wat geplombeerd worden.'

De burgemeester duwde de revolver aan zijn riem recht. 'Maar dan breng ik dit mee,' besloot hij. Het gezicht van dokter Escobar bleef onbewogen.

'Kom maar wanneer u wilt, dan zullen we eens zien of mijn wens in vervulling gaat dat u in mijn huis sterft.'

De burgemeester gaf hem een klap op zijn schouder. 'Die zal niet in vervulling gaan,' zei hij goedgehumeurd. En hij besloot met wijduitgespreide armen:

'Mijn kiezen staan boven de partijen.'

'Dus je trouwt niet?'

De vrouw van rechter Arcadio ging breeduit zitten. 'Geen kans op, pater,' antwoordde ze. 'En nu nog des te minder, nu ik hem een jongen ga baren.' Pater Angel wendde zijn blik af naar de rivier. Een verdronken koe, reusachtig groot, dreef stroomafwaarts, met verscheidene stinkgieren op zijn lijf.

'Maar dan zal het een onwettig kind zijn,' zei hij.

'Hij doet het niet,' zei ze. 'Nu behandelt Arcadio me goed. Als ik hem dwing te trouwen, dan voelt hij zich daarna gebonden en zal hij het mij betaald zetten.'

Ze had haar klompschoenen uitgetrokken en zat te praten met haar knieën wijd uit elkaar, haar tenen om de sport van het krukje gekromd. Ze had de waaier in haar schoot en haar armen over haar omvangrijke buik gevouwen. 'Geen kans, pater,' herhaalde ze, want pater Angel bleef zwijgen. 'Don Sabas kocht me voor 200 pesos, haalde drie maanden lang alles uit me wat ik in me had en smeet me toen zonder een cent op straat. Als Arcadio me niet opgenomen had was ik van honger gestorven.' Voor het eerst keek ze de pater aan. 'Of ik had hoer moeten worden.'

Pater Angel drong er al zes maanden op aan.

'Je moet hem dwingen te trouwen en een gezin te stichten,' zei hij. 'Zoals jullie nu leven verkeer je niet alleen in een onzekere situatie, maar vormen jullie bovendien een slecht voorbeeld voor het dorp.'

'Het is beter eerlijk voor de zaak uit te komen,' zei ze. 'Anderen doen hetzelfde, maar stiekem. Hebt u de schotschriften niet gelezen?'

'Dat is laster,' zei de pater. 'Je moet je situatie legaliseren en je veilig stellen voor kwaadsprekerij.'

'Ik?' zei ze. 'Ik hoef me nergens veilig voor te stellen want ik doe alles wat ik doe in het volle daglicht. Het beste bewijs daarvoor is dat niemand er zijn tijd mee verspilt om bij mij zo'n schotschrift aan te plakken. Maar al de huizen van de fatsoenlijke mensen van de stad hebben ze wel met die papiertjes behangen.'

'Je bent oneerbaar,' zei de pater, 'maar God heeft je het geluk geschonken een man te vinden die achting voor je heeft. Daarom juist moet je trouwen en een wettig gezin vormen.'

'Ik heb geen verstand van die dingen,' zei ze, 'maar hoe dan ook, zoals ik er nu aan toe ben heb ik een plek om te slapen en aan eten heb ik geen gebrek.'

'En als hij je in de steek laat?'

Ze beet zich op haar lippen en glimlachte raadselachtig toen ze antwoordde:

'Hij laat me niet in de steek, pater. Ik weet waarom ik dat zeg.'

Ook deze keer gaf pater Angel zich niet gewonnen. Hij gaf haar de raad tenminste naar de mis te gaan. Ze antwoordde dat ze dat 'op de een of andere dag' wel eens zou doen en de pater zette zijn wandeling voort in afwachting van het moment waarop hij de burgemeester kon spreken. Een van de Syriërs merkte op wat een mooi weer het toch was, maar hij besteedde er geen aandacht aan. Hij toonde belangstelling voor de bijzonderheden van het circus, dat in de stralende middag zijn begerige roofdieren uitlaadde. Daar bleef hij tot tegen vieren.

De burgemeester verliet de tandarts toen hij pater Angel aan zag komen. 'Punktueel zijn we,' zei hij terwijl hij hem de hand drukte. 'Punktueel, ook al regent het niet.'

Terwijl hij vastberaden de steile trap van de kazerne beklom, antwoordde pater Angel:

'En het is ook niet het eind van de wereld.'

Twee minuten later werd hij het kamertje van César Montero binnengeleid.

Zolang de biecht duurde bleef de burgemeester in de gang zitten. Hij herinnerde zich het circus, een vrouw die op vijf meter hoogte met haar tanden aan een lus hing, en een man in blauw, goudgeborduurd uniform die op een trommel roffelde. Een half uur later verliet pater Angel het vertrek van César Montero.

'Klaar?' vroeg de burgemeester.

Pater Angel keek hem wrevelig onderzoekend aan.

'Jullie begaan een misdaad,' zei hij. 'Die man heeft al vijf dagen niet gegeten. Hij heeft het alleen aan zijn goede gezondheid te danken dat hij nog leeft.'

'Hij wil het zelf,' zei de burgemeester kalm.

'Dat is niet waar,' zei de pater met een rustige energie in zijn stem. 'U hebt bevel gegeven hem niets te eten te geven.'

De burgemeester hief waarschuwend zijn wijsvinger op.

'Pas op, pater. U schendt het biechtgeheim.'

'Dit hoort niet bij de biecht,' zei de pater.

De burgemeester sprong op. 'Ga niet te ver,' zei hij, plotseling lachend. 'Als u zich daar dan zo bezorgd over maakt, dan maken we dat nu nog in orde.' Hij liet een agent komen en beval hem César Montero eten van het hotel te laten brengen. 'Laat ze een hele kip brengen, een flinke dikke, met een bord aardappelen en een kom met sla,' zei hij, en hij voegde er, zich tot de pater richtend, nog aan toe:

'Alles voor rekening van de gemeente, pater. Zodat u kunt zien hoe de zaken veranderd zijn.'

Pater Angel boog zijn hoofd.

'Wanneer laat u hem overbrengen?'

'De boten vertrekken morgen,' zei de burgemeester. 'Als hij vanavond nog tot rede komt gaat hij morgen weg. Hij moet alleen goed weten dat ik hem een dienst probeer te bewijzen.'

'Wel een beetje dure dienst,' zei de pater.

'Er is geen enkele dienst die geen geld kost voor de man die het heeft,' zei de burgemeester. Hij richtte zijn ogen op de klare, blauwe ogen van pater Angel en voegde er aan toe:

'Ik hoop dat u hem al die dingen aan zijn verstand hebt gebracht.'

Pater Angel gaf geen antwoord. Hij liep de trap af en groette vanaf het trapportaal met een soort dof gebrul. Toen stak de burgemeester de gang over en liep zonder kloppen de kamer van César Montero binnen.

Het was een eenvoudig vertrek: een waskom en een ijzeren bed. César Montero, ongeschoren, nog met dezelfde kleren aan waarin hij die dinsdag van de vorige week van huis was gegaan, lag op het bed. Hij bewoog zelfs zijn ogen niet toen hij de burgemeester hoorde.

'Nu je het met God eens geworden bent,' zei deze, 'is het niet meer dan billijk dat je het ook met mij eens wordt.' Hij schoof een stoel naar het bed en ging er schrijlings op zitten, met zijn borst tegen de bamboe rugleuning. César Montero koncentreerde al zijn aandacht op de balken van het plafond.

Hij scheen niet bezorgd te zijn, hoewel om zijn mondhoeken de sporen van een langdurig gesprek met zichzelf te zien waren. 'Jij en ik hoeven er helemaal niet omheen te draaien,' hoorde hij de burgemeester zeggen. 'Morgen ga je weg. Als je geluk hebt, komt er binnen twee of drie maanden een inspekteur. Onze taak is het hem in te lichten. En hij zal met de eerstvolgende boot terugkeren, overtuigd dat je alleen maar een stommiteit hebt uitgehaald.'

Hij zweeg even, maar César Montero bleef onverstoorbaar. 'Daarna zullen ze je, de rechtbanken en de advokaten bij elkaar, voor minstens twintigduizend pesos lichter maken. Of meer nog, als de inspekteur het nodig oordeelt hun te vertellen dat je miljonair bent.'

César Montero draaide zijn hoofd in zijn richting. Het was een bijna onmerkbare beweging die desondanks de veren van het bed deed kraken.

'Alles bij elkaar,' vervolgde de burgemeester met een stem als van een geestelijk leidsman, 'met alles wat er bij komt zullen ze je met een jaar of twee opknappen, als je geluk hebt.'

Hij voelde zich geobserveerd vanaf de punt van zijn schoenen. Toen de blik van César Montero tot bij zijn ogen kwam, was hij nog niet uitgesproken. Maar hij had een andere toon aangeslagen.

'Alles wat je hebt, heb je aan mij te danken,' zei hij.

'Er was een bevel je af te maken. Er was een bevel je in een hinderlaag te vermoorden en al je vee te konfiskeren zodat de regering de reusachtige kosten van de verkiezingen in het hele distrikt kon betalen. Jij weet best dat andere burgemeesters in andere gemeenten het gedaan hebben. Maar hier hebben we het bevel naast ons neergelegd.'

Op dat ogenblik nam hij het eerste teken waar, dat César Montero nadacht. Hij spreidde zijn benen uit. Met zijn armen op de rugleuning van de stoel geleund antwoordde hij op een beschuldiging die door de ander niet hardop uitgesproken werd:

'Geen centavo van wat jij voor jouw leven betaald hebt was voor mij,' zei hij. 'Alles is opgegaan aan de organisatie van de verkiezingen. Nu heeft de nieuwe regering besloten vrede en veiligheid te zullen waarborgen voor iedereen en ik jakker me nog altijd af voor een hongerloontje terwijl jij in je geld stikt. Je hebt wel een voordelig zaakje gedaan.'

César Montero begon zich moeizaam op te richten. Toen hij stond, zag de burgemeester zichzelf: minuskuul en triest tegenover een monumentaal beest. Er was een soort gloed in de blik waarmee hij hem tot het raam volgde.

'Het voordeligste zaakje van je leven,' mompelde hij.

Het raam zag uit op de rivier. César Montero herkende hem niet. Hij zag zichzelf in een ander dorp, voor een toevallige rivier. 'Ik probeer je te helpen,' hoorde hij achter zijn rug. 'We weten allemaal dat het een erekwestie was, maar het zal je heel wat moeite kosten om dat te bewijzen. Je bent zo stom geweest om het schotschrift te verscheuren.'

Op dat ogenblik drong een walgelijke lucht de kamer binnen.

'De koe,' zei de burgemeester, 'is zeker ergens aangespoeld.'

César Montero bleef voor het raam staan, onverschillig voor de geur van verrotting. Er was niemand op straat. Aan de kade lagen drie geloste motorboten, waarvan de bemanningen de hangmatten ophingen om te gaan slapen. De volgende dag, om zeven uur in de morgen, zou alles er heel anders uitzien: een half uur lang zou de haven kolken, in afwachting tot de gevangene aan boord gebracht zou worden. César Montero zuchtte. Hij stak zijn handen in zijn broekzakken en, vastbesloten nu, maar zonder zich te haasten, vatte hij in een woord zijn gedachten samen:

'Hoeveel?'

Het antwoord kwam onmiddellijk.

'Voor vijfduizend pesos aan éénjarige kalveren.'

'En nog vijf kalveren extra,' zei César Montero, 'als je me vanavond na de bioskoop met een expresboot stuurt.'

De boot gaf een stoot op de fluit, keerde in het midden van de rivier om, en de menigte die op de kade bijeenstond en de vrouwen voor de ramen zagen voor het laatst Rosario de Montero naast haar moeder op dezelfde blikken hutkoffer zitten als waarmee ze zeven jaar geleden in het plaatsje aan land was gegaan. Dokter Octavio Giraldo, die zich voor het raam van zijn spreekkamer stond te scheren, had de indruk dat dit in zeker opzicht een terugreis naar de werkelijkheid was.

Dokter Giraldo had haar op de middag van haar aankomst gezien, in haar gore uniform van de normaalschool en haar mannenschoenen, bezig in de haven te informeren wie het minste vroeg om haar hutkoffer naar de school te sjouwen.

Ze scheen genegen zonder ambities oud te worden in dat dorp waarvan ze de naam voor de eerste maal—zoals ze zelf vertelde —geschreven zag op het papiertje dat ze uit een hoed nam toen er zes beschikbare posten onder elf kandidaten verdeeld werden. Ze vestigde zich in een kamertje van de school, met een ijzeren bed en een waskom, en wijdde zich in haar vrije uren aan het borduren van tafellakens terwijl de maïspap op het petroleumstelletje stond te pruttelen. Datzelfde jaar, met Kerstmis, leerde ze op een schoolfeestje César Montero kennen. Hij was een verwilderde vrijgezel van duistere oorsprong, rijk geworden in de houthandel, die temidden van berghonden in het oerwoud leefde en zich maar zo heel nu en dan in het dorp vertoonde, altijd ongeschoren, met een paar laarzen met ijzerbeslagen hakken en een dubbelloops jachtgeweer. Het was alsof ze voor de tweede maal het winnende lootje uit de hoed genomen had, dacht dokter Giraldo met zijn baard vol zeepschuim, toen een walgelijke stank hem uit zijn herinneringen rukte.

Een zwerm stinkgieren verspreidde zich boven de tegenoverliggende oever, opgejaagd door de golfslag van de motorboot. De stank van verrotting bleef een ogenblik boven de kade hangen, vermengde zich met de ochtendbries en drong door tot achter in de huizen.

'Nog steeds, verdomme!' riep de burgemeester op het balkon van zijn slaapkamer terwijl hij naar de uiteenvliegende stinkgieren keek. 'Die vervloekte koe.'

Hij drukte een zakdoek tegen zijn neus, ging de slaapkamer binnen en sloot de balkondeur. Binnen bleef de geur hangen. Zonder zijn pet af te nemen hing hij een spiegeltje aan een spijker en ondernam een zorgvuldige poging de nog altijd een beetje ontstoken wang te scheren. Een ogenblik later klopte de direkteur van het circus aan.

De burgemeester liet hem plaats nemen en hield hem door de spiegel in het oog terwijl hij zich verder schoor. Hij droeg een zwartgeruit hemd, een rijbroek met beenkappen en een rijzweepje waarmee hij zich regelmatig op de knieën tikte.

'Ze zijn al met de eerste klacht over jullie bij me gekomen,' zei de burgemeester terwijl hij met het scheermes de laatste stoppels van twee weken vol wanhoop wegvaagde. 'Gisteravond.'

'Wat kan dat geweest zijn?'

'Dat jullie de jongens er op uitsturen om katten te stelen.'

'Dat is niet waar,' zei de circusdirekteur. 'We kopen iedere kat die ze bij ons brengen naar het gewicht zonder te vragen waar hij vandaan komt, om de roofdieren te voederen.'

'Gooien jullie ze ze levend toe?'

'O nee,' protesteerde de direkteur, 'dat zou het wreedheidsinstinkt bij de roofdieren wakker roepen.'

Nadat hij zich gewassen had, keerde de burgemeester zich tot hem, terwijl hij zijn gezicht met de handdoek afdroogde. Tot op dat moment had hij niet gemerkt dat de man aan bijna al zijn vingers ringen met kleurige stenen droeg.

'Wel, dan zult u er iets anders op moeten zien te vinden,' zei hij. 'U mag op kaaimannen gaan jagen als u daar zin in hebt, of de vis gebruiken die bij dit weer toch bederft. Maar levende katten, daar komt niets van in.'

De direkteur haalde zijn schouders op en volgde de burgemeester de straat op. In de haven stonden groepjes mannen te praten, ondanks de stank van de koe die in de struiken van de overkant was blijven steken.

'Stelletje lamstralen,' schreeuwde de burgemeester. 'In plaats van daar als vrouwen te staan klessebessen hadden jullie gistermiddag al een ploeg moeten samenstellen om die koe vlot te krijgen.'

Enkele mannen kwamen om hem heen staan.

'Vijftig pesos,' stelde de burgemeester voor, 'voor de man die binnen een uur de horens van die koe op mijn kantoor brengt.'

Een chaotisch geroezemoes van stemmen steeg aan het eind van de kade op. Enkele mannen hadden het aanbod van de burgemeester gehoord en sprongen in hun bootjes, elkaar uitdagingen toeschreeuwend terwijl ze de touwen losgooiden.

'Honderd pesos,' verdubbelde de burgemeester geestdriftig zijn bod. 'Vijftig voor elke horen.' Hij nam de direkteur mee tot het eind van de kade. Beiden wachtten daar tot de eerste bootjes de zandbanken van de overkant bereikten. Toen wendde de burgemeester zich glimlachend tot de circusdirekteur.

'Dit is een gelukkig dorp,' zei hij.

De direkteur knikte. 'Het enige wat ons nog ontbreekt zijn zulke dingen,' vervolgde de burgemeester. 'De mensen denken te veel aan lulkoek omdat ze te weinig om handen hebben.'

Langzamerhand was er een groepje kinderen om hen heen komen staan.

'Daar is het circus,' zei de direkteur.

De burgemeester trok hem bij zijn arm mee naar het plein.

'Wat geven jullie?' vroeg hij.

'Van alles,' zei de direkteur. 'We hebben een erg veelzijdige voorstelling, voor kinderen en voor grote mensen.'

'Dat is niet genoeg,' antwoordde de burgemeester. 'Het moet ook binnen ieders bereik liggen.'

'Ook daar houden we rekening mee,' zei de direkteur.

Ze liepen naar een onbebouwd terrein achter de bioskoop, waar ze begonnen waren de tent op te zetten. Zwijgzame mannen en vrouwen haalden gereedschappen en kleurige doeken uit de reusachtige met geelkoper verfraaide hutkoffers. Terwijl hij de direkteur door die kluwen van menselijke we-

78

zens en rommel volgde, allen de hand drukkend, voelde de burgemeester zich in een atmosfeer als van een schipbreuk. Een stevig gebouwde vrouw met vastberaden gebaren en een bijna geheel met goud gevuld gebit, las hem de hand nadat ze die gedrukt had.

'Ik zie iets vreemds in uw toekomst,' zei ze.

De burgemeester trok zijn hand terug. 'Dat zal wel een kind zijn,' antwoordde hij glimlachend, maar hij kon een kortstondig gevoel van neerslachtigheid niet onderdrukken.

De direkteur gaf de vrouw met zijn zweep een tikje op de arm. 'Laat de luitenant met rust,' zei hij zonder te blijven staan, en hij duwde de burgemeester naar het eind van het stuk grond, waar de roofdieren waren.

'Gelooft u daarin?' vroeg hij.

'Hangt ervan af,' zei de burgemeester.

'Mij hebben ze nooit kunnen overtuigen,' zei de direkteur. 'Als je je met dat soort dingen bezig houdt dan geloof je tenslotte alleen nog maar in de menselijke wil.'

De burgemeester keek naar de dieren die in slaap gevallen waren door de hitte. De kooien zweetten een zurige, warme damp uit en er was een soort droefheid zonder enige hoop in de langzame ademhaling van de roofdieren. De direkteur streelde met zijn zweep over de neus van een luipaard, die zich met een klaaglijke beweging omdraaide.

'Hoe is de naam?' vroeg de burgemeester.

'Aristoteles.'

'Ik bedoel die vrouw,' verduidelijkte de burgemeester.

'Aha,' zei de direkteur, 'we noemen haar Cassandra, spiegel der toekomst.'

De burgemeester keek verslagen.

'Ik zou best met haar naar bed willen,' zei hij.

'Alles kan,' zei de direkteur.

De weduwe Montiel trok de gordijnen van haar slaapkamer open en mompelde: 'Arme, arme mannen.' Ze ruimde het nachtkastje op, legde rozenkrans en gebedenboek in het laatje en veegde de zolen van haar mauve-kleurige muiltjes af op de

79

tijgerhuid die voor het bed lag. Hierna liep ze de hele kamer rond om de toilettafel, de drie deuren van de spiegelkast en een vierkant kastje, waarop een gipsen heilige Rafael stond, af te sluiten. Het laatste sloot ze de kamer af.

Terwijl ze de brede trap met de doolhoven afbeeldende tegels afdaalde, dacht ze aan het vreemde lot van Rosario de Montero. Toen ze haar de hoek van de haven om zag slaan, in haar vlijtige houding van een schoolmeisje aan wie men geleerd heeft dat ze niet om mag kijken, voorvoelde de weduwe van Montiel, die zich voor de smalle openingen van haar balkon vertoonde, dat iets, dat al sinds een hele tijd begonnen was af te lopen, eindelijk geëindigd was.

Op het trapportaal sloeg haar de vurigheid van haar boerenjaarmarktachtige patio al tegemoet. Aan de ene kant van de balustrade was een stellage met in jonge bladeren gewikkelde kazen; verderop, in een buitengalerij, lagen stapels zakken met zout en huiden met honing, en aan de achterkant van het erf was een stal met muildieren en paarden, en zadels die aan de dwarsbalken hingen. Het huis was doordrenkt van een sterke geur van lastdieren, vermengd met een andere geur van leerlooierij en suikerrietmalerij.

In het kantoor begroette de weduwe de heer Carmichael, die bundeltjes bankbiljetten op het bureau sorteerde terwijl hij de bedragen in het kasboek kontroleerde. Toen ze het raam aan de rivierkant opende, kwam het licht van negen uur de kamer binnen die overvol met goedkope spullen was, met grote fauteuils gehuld in grijze hoezen en een vergrote foto van José Montiel met een rouwlint om de lijst. De weduwe rook de walm van verrotting nog voordat ze de bootjes bij de zandbanken aan de andere oever zag.

'Wat is er aan de overkant aan de hand?' vroeg ze.

'Ze proberen een dode koe vlot te krijgen,' antwoordde de heer Carmichael.

'Dus dat was het,' zei de weduwe. 'De hele nacht heb ik van die lucht gedroomd.' Ze keek de heer Carmichael, die geheel opging in zijn werk, aan en voegde eraan toe: 'Nu ontbreekt alleen de zondvloed nog maar.'

De heer Carmichael sprak zonder op te kijken:

'Die is twee weken geleden al begonnen,' zei hij.

'Zo is het,' gaf de weduwe toe, 'nu zijn we aan het eind gekomen. We hoeven alleen nog maar in een graf te gaan liggen, zomaar onder de blote hemel, tot de dood over ons komt.'

De heer Carmichael luisterde naar haar zonder zijn berekeningen te onderbreken. 'Al jaren klaagden we dat er niets gebeurde in dit dorp,' vervolgde de weduwe. 'En plotseling begon de tragedie, alsof God beschikt had dat alle dingen die zoveel jaren lang niet meer gebeurden nu tegelijk kwamen.'

Voor de brandkast draaide de heer Carmichael zich om om naar haar te kijken en hij zag haar met haar ellebogen op de vensterbank leunen, haar ogen strak op de overzijde gericht. Ze droeg een zwarte japon met mouwen tot op haar handen, en beet zich op haar nagels.

'Als de regentijd voorbij is wordt alles wel weer beter,' zei de heer Carmichael.

'Die gaat niet voorbij,' voorspelde de weduwe. 'Rampen komen nooit alleen. Hebt u Rosario de Montero niet gezien?'

De heer Carmichael had haar gezien. 'Allemaal schandaal zonder reden,' zei hij. 'Als je geloof schenkt aan die schotschriften word je nog gek.'

'De schotschriften,' zuchtte de weduwe.

'Bij mij hebben ze er ook al eentje opgehangen,' zei de heer Carmichael.

Met een ontstelde uitdrukking op haar gezicht liep ze naar het schrijfbureau. 'Bij u?'

'Bij mij, ja,' bevestigde de heer Carmichael. 'Een heel grote en heel uitvoerige hebben ze aangeplakt, vorige week zaterdag. Het leek wel een bioskoopaffiche.'

De weduwe schoof een stoel naar het schrijfbureau. 'Wat een schanddaad,' riep ze. 'Er valt niets te zeggen over een voorbeeldig gezin als het uwe.' De heer Carmichael was helemaal niet ontsteld.

'Aangezien mijn vrouw blank is, en de kinderen in alle kleuren van de regenboog ter wereld zijn gekomen,' verklaarde hij. 'Stel u voor, elf zijn het er.'

81

'Natuurlijk, ja,' zei de weduwe.

'Enfin, in dat schotschrift stond dat ik alleen maar de vader van de negerjongens ben. En ze gaven een lijst van de vaders van de anderen. Ze betrokken er zelfs don Chepe Montiel bij, in vrede ruste hij.'

'Mijn man!'

'De uwe en die van nog vier dames,' zei de heer Carmichael.

De weduwe begon te snikken. 'Wat een geluk dat mijn dochters zo ver van hier zijn,' zei ze. 'Ze zeggen dat ze niet terug willen naar dit wilde land waar ze studenten op straat vermoorden, en ik heb hun geantwoord dat ze gelijk hebben, dat ze maar altijd in Parijs moeten blijven.' De heer Carmichael draaide zijn stoel om, hij begreep dat de vervelende episode van elke dag opnieuw begonnen was.

'U hoeft zich geen zorgen te maken,' zei hij.

'Integendeel,' snikte de weduwe. 'Ik had als eerste mijn bullen moeten pakken en uit dit dorp verdwijnen, ook al gaan deze landerijen verloren en al die rompslomp van alledag die zoveel met de ramp te maken hebben. Nee, mijnheer Carmichael, ik wil geen gouden schaaltjes om bloed te spuwen.'

De heer Carmichael trachtte haar te troosten.

'U moet uw verantwoordelijkheden onder ogen zien,' zei hij. 'Men mag niet zomaar een fortuin uit het raam smijten.'

'Geld is de paardevijgen van de duivel,' zei de weduwe.

'Maar in dit geval is het ook het resultaat van het harde werken van don Chepe Montiel.'

De weduwe beet zich op haar vingers.

'U weet best dat dat niet waar is,' antwoordde ze. 'Het is kwalijk verkregen geld en de eerste die er voor heeft moeten boeten door zonder biechten te sterven was José Montiel.'

Het was niet de eerste keer dat ze dat zei.

'Het is natuurlijk de schuld van die misdadiger,' riep ze uit, terwijl ze naar de burgemeester wees die over de stoep aan de overkant liep en de circusdirecteur aan de arm meevoerde. 'Maar ik ben degene die ervoor boeten moet.'

De heer Carmichael verliet haar. Hij legde de met elastiekjes samengebonden pakjes bankbiljetten in een kartonnen doos

82

en riep vanuit de deur van de patio de landarbeiders in alfabetische volorde binnen.

Terwijl de mannen de uitbetaling van de woensdag ontvingen, voelde de weduwe van Montiel hen langsgaan zonder hun groeten te beantwoorden. Ze woonde alleen in het sombere, negen kamers grote huis waarin de grootmoeder gestorven was, en dat José Montiel gekocht had zonder te vermoeden dat zijn weduwe daarin haar eenzaamheid tot haar dood toe zou moeten dragen. 's Nachts terwijl ze met de insektenspuit door de lege kamers liep, kwam ze de grootmoeder tegen die luizen platdrukte in de gangen, en vroeg ze haar: 'Wanneer zal ik sterven?'

Even na elven zag de weduwe door haar tranen heen pater Angel het plein oversteken. 'Pater, pater,' riep ze, en ze voelde dat ze met dat roepen een beslissende stap zette. Maar pater Angel hoorde haar niet. Hij had aan de deur van de weduwe van Asis aangeklopt, aan de overkant van de straat, en de deur was heimelijk op een kiertje opengegaan om hem door te laten.

In de gang, die overstroomde van het gezang van de vogels, lag de weduwe de Asis uitgeput in een linnen ligstoel, het gezicht bedekt met een in Floridawater gedrenkte zakdoek. Aan de manier waarop er aangeklopt werd wist ze al dat het pater Angel was, maar ze liet die kortstondige rust nog voortduren tot ze zijn groet hoorde. Toen pas ontblootte ze haar door slapeloosheid geteisterde gezicht.

'Vergeef me, pater,' zei ze, 'zo vroeg verwachtte ik u niet.'

Pater Angel wist niet dat ze hem voor de lunch had laten komen. Hij verontschuldigde zich, een beetje in de war, zei dat hij ook de hele morgen last van hoofdpijn had gehad en er daarom de voorkeur aan gegeven had het plein over te steken voordat de grote hitte begon.

'Het geeft niet,' zei de weduwe. 'Ik wilde u alleen maar zeggen dat ik er zo verschrikkelijk uitzie.'

De pater haalde uit zijn zak een gebedenboek waar de band af was. 'Als u wilt kunt u nog wel wat rusten terwijl ik bid,' zei hij.

De weduwe protesteerde. 'Ik voel me al beter,' zei ze.

Ze liep met gesloten ogen naar het eind van de gang en toen ze terugkwam hing ze de zakdoek uiterst netjes over de armleuning van de vouwstoel. Toen ze tegenover pater Angel kwam zitten scheen ze verscheidene jaren jonger.

'Pater,' zei ze toen zonder dramatiek, 'ik heb uw hulp nodig.'

Pater Angel stopte het gebedenboekje weer in zijn zak.

'Ik sta tot uw dienst.'

'Het gaat weer om Roberto Asis.'

Ondanks zijn belofte het schotschrift te vergeten, was Roberto Asis de vorige dag vertrokken om tot zaterdag weg te blijven, maar diezelfde avond nog voortijdig thuisgekomen. Vanaf dat moment totdat de dageraad aanbrak en de vermoeidheid hem overweldigde, had hij in het donker in de kamer zitten wachten op de veronderstelde minnaar van zijn vrouw.

Pater Angel luisterde verbijsterd toe.

'Maar daar is geen enkele reden toe,' zei hij.

'U kent de Asis niet, pater,' antwoordde de weduwe. 'De hel is in hun verbeelding.'

'Rebeca kent mijn mening over de schotschriften,' zei hij. 'Maar als u wilt kan ik ook wel met Roberto Asis praten.'

'Niets daarvan,' zei de weduwe. 'Dat zou het vuurtje alleen maar aanwakkeren. Maar als u het in uw preek van aanstaande zondag over de schotschriften zou hebben, dan weet ik zeker dat Roberto Asis tot nadenken gebracht zou worden.'

Pater Angel spreidde zijn armen uit.

'Onmogelijk,' riep hij. 'Dat zou die dingen een belangrijkheid geven die ze niet hebben.'

'Niets is belangrijker dan het voorkomen van een misdaad.'

'Gelooft u dat hij zo ver zal gaan?'

'Ik geloof het niet alleen,' zei de weduwe, 'maar ik weet zelfs zeker dat mijn krachten niet voldoende zullen zijn om het hem te beletten.'

Een ogenblik later gingen ze aan tafel. Een dienstmeisje op blote voeten diende rijst met witte bonen op, met water en zout gekookte groenten en een schaal met gehaktballen, overgoten met een dikke, donkere saus. Pater Angel bediende zich zwijgend. De scherpe peper, de diepe stilte van het huis en het gevoel van verwarring dat op dat ogenblik zijn hart beheerste, voerden hem opnieuw weg naar zijn kale kamertje in de gloeiende middag van Macondo waar hij als beginnend priester woonde. Op net zo'n dag als deze, stoffig en heet, had hij geweigerd een christelijke begrafenis te geven aan een gehangene die de harde inwoners van Macondo weigerden te begraven.

Hij maakte de boord van zijn soutane los om het zweet de vrije loop te laten.

'Goed dan,' zei hij tegen de weduwe. 'Maar zorg er dan wel voor dat Roberto Asis zondag niet uit de mis wegblijft.'

De weduwe van Asis beloofde het.

Dokter Giraldo en zijn vrouw, die nooit siësta hielden, besteedden de namiddag aan het lezen van een verhaal van Dickens. Ze waren op het binnenterras, hij in de hangmat, luisterend met zijn vingers in zijn nek gestrengeld; zij, met het boek in haar schoot, las hem voor, met haar rug naar de ruiten van licht waar de geraniums gloeiden. Ze las zonder hartstocht, met een gezwollenheid als van een beroepsvoordrager, zonder van houding in haar stoel te veranderen. Pas bij het einde hief ze haar hoofd op, maar ook toen nog bleef ze met het boek geopend op haar knieën zitten, terwijl haar man zich in de waskom waste. De hitte kondigde een onweer aan.

'Is dit nu een lang verhaal?' vroeg ze, nadat ze er lang en zorgvuldig over had nagedacht.

Met de nauwgezette bewegingen die hij in de operatiekamer geleerd had, trok de dokter zijn hoofd uit de wasbak terug. 'Ze zeggen dat het een korte roman is,' zei hij voor de spiegel, terwijl hij de brillantine in zijn haar ophoopte. 'Ik zou eerder zeggen dat het een lang verhaal is.' Met zijn vingers wreef hij de pommade in zijn schedel en hij besloot: 'De critici zouden zeggen dat het een kort verhaal is, maar wel lang.'

Hij kleedde zich, geholpen door zijn vrouw, in wit linnen. Men had haar gemakkelijk voor een oudere zuster van hem kunnen houden, niet alleen door de rustige toewijding waarmee ze hem hielp, maar ook door de koelheid van haar ogen, waardoor ze een ouder iemand leek. Voordat hij de deur uitging liet dokter Giraldo haar de lijst en de volgorde van de af te leggen bezoeken zien, voor als zich een urgent geval voordeed, en verzette de wijzers van de reklameklok in de wachtkamer: *De dokter komt om vijf uur terug.*

De straat gonsde van de hitte. Terwijl dokter Giraldo over het trottoir aan de schaduwzijde liep werd hij achtervolgd door een somber voorgevoel: ondanks de zware atmosfeer zou het die middag niet gaan regenen. Het gesjirp van de cicaden maakte de verlatenheid van de haven nog intenser, maar de koe was vlotgetrokken en door de stroom meegesleurd en de stank van verrotting had een reusachtige leegte in de atmosfeer achtergelaten.

De telegrafist riep hem vanuit het hotel.

'Hebt u een telegram ontvangen?'

'Bericht voorwaarden telegrafisch, getekend Arcofán,' zei de telegrafist uit zijn hoofd.

Ze liepen naast elkaar naar het telegraafkantoor. Terwijl de dokter een antwoord opstelde, begon de telegraafemployé te knikkebollen.

'Dat is het zoutzuur,' verklaarde de dokter zonder veel wetenschappelijke overtuiging. En ondanks zijn voorgevoel voegde hij er, toen hij klaar was met schrijven, bij wijze van troost aan toe: 'Misschien regent het vanavond wel.'

De telegrafist telde de woorden. De dokter lette er niet op. Hij keek onderzoekend naar een zeer dik boek dat geopend naast het seintoestel lag. Hij vroeg of het een roman was.

'Los Miserables, Victor Hugo,' telegrafeerde de telegrafist. Hij stempelde het afschrift van het telegram en keerde met het boek naar de balustrade terug. 'Ik denk dat we hier wel tot december mee bezig zullen zijn.'

Al sinds jaren wist dokter Giraldo dat de telegrafist in zijn vrije uren gedichten overseinde naar de telegrafiste van San Bernardo del Viento. Hij wist niet dat hij ook romans voor haar las.

86

'Dit is nog eens serieus werk,' zei hij, terwijl hij het lijvige, stukgelezen boek, dat vage emoties uit zijn jongelingsjaren in hem opwekte, doorbladerde. 'Alexander Dumas zou geschikter zijn.'

'Zij houdt meer van dit,' verklaarde de telegrafist.

'Ken je haar al?'

De telegrafist schudde zijn hoofd.

'Maar dat geeft niet,' zei hij, 'ik zou haar overal ter wereld herkennen aan de sprongetjes die ze de r altijd laat maken.'

Ook die middag hield dokter Giraldo een uur voor don Sabas vrij. Hij vond hem uitgeput in bed liggen, vanaf zijn middel in een grote handdoek gewikkeld.

'Waren de snoepjes lekker?' vroeg de dokter.

'Het is de hitte,' klaagde don Sabas terwijl hij zijn reusachtige oudevrouwenlichaam naar de deur draaide. 'Ik heb de injektie na de lunch genomen.'

Dokter Giraldo opende het koffertje op een tafel die bij het raam was klaargezet. De cicaden sjirpten op de binnenplaats, en in het vertrek heerste een plantaardige temperatuur. Don Sabas, die op de steek zat, urineerde met een geluid als van een kwijnende bron. Toen de dokter het glazen buisje met een monster van de amberkleurige vloeistof vulde, voelde de zieke zich wat opgebeurd. Hij zei, terwijl hij naar de analyse keek:

'Erg voorzichtig zijn, dokter, want ik wil niet sterven zonder te weten hoe die roman afloopt.'

Dokter Giraldo liet een blauw tabletje in het monster vallen.

'Wat voor roman?'

'De schotschriften.'

Don Sabas volgde hem met een goedaardige blik tot hij het buisje boven het spirituslichtje verwarmd had. Hij rook eraan. De bleke ogen van de zieke wachtten vragend.

'Het is in orde,' zei de dokter terwijl hij het monster in de steek gooide. Vervolgens keek hij don Sabas vorsend aan: 'Maak u zich ook al druk om die dingen?'

'Ik niet,' zei de zieke. 'Maar ik lig als een Japanner te genieten van de schrik van die mensen.'

Dokter Giraldo maakte de hypodermatische injektiespuit klaar.

'Bovendien,' vervolgde don Sabas, 'hebben ze er bij mij twee dagen geleden ook een aangeplakt. Dezelfde kletskoek: het gedonder met mijn kinderen en het verhaaltje van de ezels.'

'Aha,' zei de dokter terwijl hij met een rubberen sonde de slagader van don Sabas indrukte. De patiënt bleef over het verhaal van de ezels doorgaan, maar moest het wel vertellen omdat de dokter niet dacht dat hij het kende.

'Het was iets met een handel in ezels die ik zo'n jaar of twintig geleden gehad heb,' zei hij. 'Het toeval wilde dat al de ezels die ik verkocht had na twee dagen 's morgens dood gevonden werden, zonder tekenen van geweldpleging.'

Hij bood zijn slapvlezige arm zodat de dokter het bloedmonster kon nemen. Toen dokter Giraldo de prik met een propje watten dichtdrukte, boog don Sabas zijn arm.

'En weet u wat de mensen verzonnen hebben?'

De dokter schudde zijn hoofd.

'Het gerucht ging dat ik zelf 's nachts de tuinen binnenging en de ezels doodschoot door de revolver in hun gat te steken.'

Dokter Giraldo stopte het glazen buisje met het bloedmonster in de zak van zijn colbertjasje.

'Dat verhaal heeft alle schijn van waarheid,' zei hij.

'Het waren de slangen,' zei don Sabas, die als een oosterse afgod in zijn bed zat. 'Maar hoe dan ook, een mens moet wel een enorme ouwehoer zijn om een schotschrift te schrijven over iets wat iedereen al weet.'

'Dat is altijd al een kenmerk van schotschriften geweest,' zei de dokter. 'Ze zeggen wat iedereen weet, en wat in elk geval bijna altijd de waarheid is.'

Don Sabas maakte een kortstondige crisis door. 'Inderdaad,' mompelde hij, terwijl hij met het laken het zweet van zijn bolle oogleden wiste. Onmiddellijk reageerde hij:

'De kwestie is dat er in dit land niet een fortuin is dat geen dode ezel op zijn geweten heeft.'

De dokter ving de zin op terwijl hij over de wastafel gebogen stond. In het water zag hij zijn eigen reaktie weerspiegeld: een tandstelsel, zo zuiver dat het niet natuurlijk leek. Over zijn schouder keek hij naar de patiënt en zei:

'Ik heb altijd al gedacht, mijn waarde don Sabas, dat uw enige deugd de schaamteloosheid is...'

De zieke werd geestdriftig. De slagen die zijn dokter hem toediende bezorgden hem een soort plotselinge jeugd. 'Dat, en mijn seksuele potentie,' zei hij, zijn woorden begeleidend met een buiging van de arm die een stimulering voor de bloedsomloop kon zijn maar die de dokter wat overdreven schaamteloos voorkwam. Don Sabas maakte een sprongetje op zijn billen.

'Daarom lach ik me dood om die schotschriften,' vervolgde hij. 'Ze zeggen dat mijn zoons ieder klein meisje dat hier in de bergen begint uit te botten mee het bed inslepen, en ik zeg: het zijn zoons van hun vader.'

Voordat hij afscheid nam moest dokter Giraldo nog een spektrale rekapitulatie van de seksuele avonturen van don Sabas aanhoren.

'Gelukkige jeugd,' riep de patiënt tenslotte uit. 'Heerlijke tijden toen een meisje van zestien jaar nog minder kostte dan een jonge koe.'

'Dat soort herinneringen verhoogt het suikergehalte van uw bloed,' zei de dokter.

Don Sabas opende zijn mond. 'Integendeel,' antwoordde hij. 'Ze zijn beter dan die vervloekte insuline-injekties van u.'

Toen hij de straat op ging had de dokter de indruk dat door de slagaderen van don Sabas een soort sappige bouillon was begonnen te stromen. Maar op dat moment hield iets anders hem al bezig: de schotschriften. Al sinds dagen kwamen er geruchten in zijn spreekkamer. Die middag, na zijn bezoek aan don Sabas, realiseerde hij zich dat hij sinds een week over niets anders had horen spreken.

In het volgende uur legde hij verscheidene bezoeken af, en bij alle werd hem over de schotschriften gesproken. Hij luisterde naar de verhalen zonder kommentaar te geven, wendde een goedlachse onverschilligheid voor terwijl hij in werkelijkheid tot een slotsom probeerde te komen. Hij keerde naar de spreekkamer terug toen pater Angel, die van de weduwe Montiel kwam, hem uit zijn overpeinzingen haalde.

'Hoe gaat het met uw zieken, dokter?' vroeg pater Angel.

'Met de mijne heel goed, pater,' antwoordde de dokter. 'En met de uwe?'

Pater Angel beet zich op zijn lippen. Hij nam de dokter bij de arm en ze begonnen het plein over te steken.

'Waarom vraagt u me dat?'

'Ik weet het niet,' zei de dokter. 'Ik heb gehoord dat er een ernstige epidemie onder uw clientèle heerst.'

Pater Angel maakte een zijstap die de dokter als opzettelijk voorkwam.

'Ik heb zojuist met de weduwe Montiel gesproken,' zei hij. 'Die arme vrouw is helemaal op van de zenuwen.'

'Kan het geweten zijn,' stelde de dokter zijn diagnose.

'Het is de obsessie van de dood.'

Hoewel ze in tegenovergestelde richtingen woonden, verge-zelde pater Angel hem tot aan zijn spreekkamer.

'In ernst, pater,' hervatte de dokter. 'Wat denkt u nu van die schotschriften?'

'Ik denk er niet aan,' zei de pater. 'Maar als u me dwingt eraan te denken, dan zou ik zeggen dat ze het resultaat zijn van de afgunst op een voorbeeldig dorp.'

'Zulke diagnoses stelden wij artsen zelfs niet in de middel-eeuwen,' antwoordde dokter Giraldo.

Ze bleven voor de spreekkamer staan. Terwijl hij zich koel-te toewaaierde zei pater Angel die dag voor de tweede maal dat 'we ze niet de belangrijkheid moeten geven die ze niet hebben'. Dokter Giraldo voelde zich geschokt door een ver-borgen wanhoop.

'Hoe weet u, pater, dat het niet waar is wat de schotschrif-ten zeggen?'

'Dan zou ik het via de biechtstoel moeten weten,' zei hij.

Die middag merkte pater Angel dat ook in de huizen van de armen over de schotschriften gesproken werd, maar op een andere manier en zelfs met een zekere gezonde opgewektheid.

Hij at zonder eetlust, nadat hij aan het avondgebed had deelgenomen met een scherpe hoofdpijn die hij aan de gehaktballen van de lunch toeschreef. Hierna zocht hij de morele kwalifikatie van de film op, en voor het eerst in zijn leven onderging hij een duister gevoel van hoogmoed toen hij de twaalf onherroepelijke klokslagen van het absolute verbod liet horen. Tenslotte zette hij een krukje tegen de straatdeur en maakte zich gereed om, met een gevoel alsof zijn hoofd uit elkaar barstte van de pijn, in het openbaar te kontroleren wie er zijn waarschuwing in de wind sloegen en toch de bioskoop binnengingen.

De burgemeester ging naar binnen. In een hoekje van de parterre gezeten rookte hij voordat de film begon nog twee sigaretten. Omdat hij het niet gewend was—met een pakje sigaretten deed hij wel een maand—werd hij misselijk. Het tandvlees was absoluut niet meer ontstoken, maar zijn lichaam leed nog onder de herinnering aan de slapeloze nachten en de verwoestingen, teweeggebracht door de pijnstillende middelen.

De bioskoop was een binnenplaats omringd door een cementen muur, tot halverwege de parterre overdekt met zinken golfplaten en waarvan de vloer begroeid was met een soort gras dat iedere morgen opnieuw tot leven scheen te komen, bemest met kauwgom en sigarettepeuken. Een ogenblik zag de burgemeester de ongeschaafde houten banken en het ijzeren traliehek dat de stalles van de gaanderijen scheidde in de lucht zweven, en hij zag een duizelingwekkend golven van de witgeschilderde ruimte op de achtermuur, waarop de film geprojekteerd werd.

Hij voelde zich beter toen de lichten uitgingen. Op dat moment zweeg de schrille muziek van de luidspreker maar de trilling van de elektrische generator, die in een houten hokje naast de projektor stond opgesteld, werd intenser.

Vóór de film kwamen reklamelichtbeelden. Een chaos van onderdrukt gemompel, vage voetstappen en onderbroken gelach, beroerde gedurende enkele minuten de duisternis. Met een plotselinge schrik bedacht de burgemeester dat dat klandestien binnenkomen geheel en al de aard had van een opstand tegen de strenge normen van pater Angel.

Alleen al aan de kegel van eau de cologne had hij de eigenaar van de bioskoop kunnen herkennen, toen die langs hem kwam.

'Perverseling,' fluisterde hij hem toe, terwijl hij hem bij de arm greep. 'Je zult een extra belasting moeten betalen.'

Tussen zijn tanden lachend ging de eigenaar naast hem zitten.

'Het is een goeie film,' zei hij.

'Wat mij aangaat,' zei de burgemeester, 'ik wou dat ze allemaal slecht waren. Er is niets zo vervelend als morele films.'

Jaren geleden had niemand die censuur van het klokgelui erg serieus opgevat. Maar elke zondag tijdens de hoogmis wees pater Angel vanaf zijn preekstoel op de vrouwen die de afgelopen week zijn waarschuwing in de wind hadden geslagen en zette ze uit de kerk.

'Dat achterdeurtje is onze redding geweest,' zei de eigenaar.

De burgemeester volgde inmiddels het verouderde journaal. Hij praatte, maar zweeg telkens als hij iets interessants op het doek zag.

'Alles bij elkaar genomen komt het op hetzelfde neer,' zei hij. 'De pastoor weigert de kommunie aan de vrouwen die korte mouwen dragen, en ze blijven korte mouwen dragen maar voordat ze naar de mis gaan doen ze valse mouwen aan.'

Na het journaal kwam de voorfilm van wat er de volgende week vertoond zou worden. Zwijgend keken ze ernaar. Toen het afgelopen was boog de eigenaar zich naar de burgemeester over:

'Luitenant,' fluisterde hij hem in zijn oor, 'koop dit zaakje van me.'

De burgemeester wendde zijn blik niet van het doek af.

'Er zit geen handel in.'

'Voor mij niet,' zei de eigenaar. 'Maar voor u zou het een goudmijntje zijn. Dat is toch duidelijk: bij u zou de pastoor niet aan durven komen met zijn klokgelui.'

De burgemeester dacht na voor hij antwoord gaf.

'Het zegt me wel wat,' zei hij.

Maar hij liet zich niet tot een beslissing verleiden. Hij legde zijn voeten op de bank voor hem en ging geheel op in de kronkelwegen van een ingewikkeld drama dat uiteindelijk, dacht hij, nog geen vier klokslagen verdiende.

Na het uitgaan van de bioskoop bleef hij nog even in de biljartzaal, waar loterij gespeeld werd. Het was er warm en de radio zweette een keiharde muziek uit. Toen hij een flesje mineraalwater gedronken had, ging de burgemeester naar huis om te slapen.

Onbezorgd liep hij langs de rivieroever, voelde in de duisternis de gezwollen rivier, het geruis van zijn ingewanden en zijn geur als van een groot dier. Voor de deur van de slaapkamer bleef hij plotseling staan. Hij sprong achterwaarts en trok zijn revolver.

'Kom in het licht,' zei hij met gespannen stem, 'of ik schiet je neer.'

Een zeer zachte stem kwam uit het donker.

'Maak u niet zenuwachtig, luitenant.'

Hij bleef met de revolver in de aanslag staan tot de verborgen persoon in het licht kwam en zich herkennen liet. Het was Cassandra.

'Dat scheelde maar een haar,' zei de burgemeester.

Hij liet haar zijn slaapkamer binnen. Een hele tijd praatte Cassandra, van de hak op de tak springend. Ze was op de hangmat gaan zitten en terwijl ze praatte trok ze haar schoenen uit en bekeek met een zekere onschuld de felrood geverfde nagels van haar voeten.

De burgemeester, die tegenover haar zat en zich met zijn pet koelte toewaaierde, volgde het gesprek met een vormelijke beleefdheid. Hij was weer gaan roken. Toen het twaalf uur sloeg ging ze voorover in de hangmat liggen, strekte haar met klingelende armbanden behangen arm naar hem uit en kneep hem zachtjes in zijn neus.

'Het is al laat, jongetje,' zei ze. 'Doe het licht uit.'

De burgemeester glimlachte.

'Daar was het niet voor,' zei hij.

Ze begreep hem niet.

'Kun je de toekomst voorspellen?' vroeg de burgemeester.

Cassandra ging weer op de hangmat zitten. 'Natuurlijk,' zei ze. En vervolgens, toen ze het begrepen had, trok ze haar schoenen weer aan.

'Maar ik heb de kaarten niet meegebracht,' zei ze.

'Hij die aarde eet,' glimlachte de burgemeester, 'moet zelf voor zijn aardkluit zorgen.'

Onder uit de koffer haalde hij wat versleten kaarten. Zij bekeek iedere kaart van voren en van achteren, met serieuze aandacht.

'De andere kaarten zijn beter,' zei ze. 'Maar hoe dan ook, het belangrijkste is de kommunikatie.'

De burgemeester schoof een tafeltje bij en ging tegenover haar zitten, en Cassandra legde de kaart.

'Liefde of zaken?' vroeg ze.

De burgemeester droogde het zweet van zijn handen.

'Zaken,' zei hij.

Een ezel zonder meester zocht onder de dakrand van de pastorie beschutting tegen de regen en schopte de hele nacht tegen de wand van de slaapkamer aan. Het was een chaotische nacht. Nadat hij er pas tegen de morgen plotseling in geslaagd was in slaap te vallen, werd pater Angel weer wakker met het gevoel dat hij met stof overdekt was. De in de regen slapende nardussen, de stank van het privaat en vervolgens het lugubere interieur van de kerk nadat de klokslagen van vijf uur weggestorven waren, alles scheen samen te spannen om er een moeilijke ochtendstond van te maken.

Vanuit de sakristie, waar hij zich kleedde om de mis te lezen, voelde hij dat Trinidad bezig was haar oogst aan dode muizen binnen te halen, terwijl de zwijgende vrouwen van alledag de kerk binnenkwamen. Tijdens de mis merkte hij met toenemende ergernis de vergissingen van de koorknaap en diens primitief latijn op, en hij bereikte het eind met het gevoel van teleurstelling dat hem altijd kwelde in de kwade uren van zijn leven.

Hij wilde net gaan ontbijten toen Trinidad hem met een stralend gezicht tegemoet kwam. 'Vandaag zijn er nog zes meer gesneuveld,' zei ze, terwijl ze de dode muizen in de doos liet rammelen. Pater Angel probeerde zijn bezorgdheid te boven te komen.

'Schitterend,' zei hij. 'Als het zo doorgaat is het misschien beter de nesten op te zoeken, om er helemaal een eind aan te maken.'

Trinidad had de nesten al gevonden. Ze legde uit hoe ze op verschillende plaatsen in de kerk de gaten had opgespoord, vooral in de toren en bij de doopvont, en dat ze ze vervolgens met asfalt had afgesloten. Die morgen had ze een dolgeworden muis gevonden die tegen de muren op botste nadat hij de hele nacht naar de deur van zijn huis gezocht had.

Ze liepen naar de kleine binnenplaats waar de eerste nardusstengels zich weer begonnen op te richten. Trinidad bleef achter om de dode muizen in het privaat te gooien. Toen ze de werkkamer binnenkwam wilde pater Angel net met zijn ontbijt beginnen, nadat hij eerst het kleine tafellaken verwijderd had waaronder iedere morgen, als in een goocheltoer, het ontbijt tevoorschijn kwam dat ze hem van het huis van de weduwe van Asis lieten bezorgen.

'Ik was vergeten te zeggen dat ik het arsenicum niet heb kunnen kopen,' zei Trinidad toen ze binnenkwam. 'Don Lalo Moscote zegt dat hij het zonder doktersrecept niet mag verpen.'

'Het zal niet nodig zijn,' zei pater Angel. 'Ze zullen allemaal stikken in de kelder.'

Hij schoof de stoel naar de tafel en zette het kopje, het bord met sneden wit brood en de koffiepot met een japanse draak erop klaar, terwijl Trinidad het raam opende.

'Je kunt altijd maar beter klaar staan voor als ze terugkomen,' zei ze.

Pater Angel schonk zijn koffie in en plotseling hield hij op en keek naar Trinidad met haar vormeloze lange schort en haar invalidenlaarsjes, terwijl ze naar de tafel kwam.

'Je maakt je daar veel te veel zorgen over,' zei hij.

Pater Angel ontdekte noch op dat moment noch eerder ook maar enig teken van ongerustheid in het dichte struikgewas van Trinidads wenkbrauwen. Zonder een lichte trilling in de vingers te kunnen onderdrukken, schonk hij zijn koffie verder in, deponeerde twee lepeltjes suiker in het kopje en begon te roeren met zijn blik strak op de aan de wand gehangen crucifix gericht.

'Wanneer heb je laatst gebiecht?'

'Vrijdag,' antwoordde Trinidad.

'Zeg eens,' zei pater Angel. 'Heb je wel eens een zonde voor me verborgen gehouden?'

Trinidad schudde haar hoofd.

Pater Angel sloot zijn ogen. Plotseling hield hij op met in zijn kopje te roeren, legde het lepeltje op het bord en greep Trinidad bij haar arm.

'Ga op je knieën zitten,' zei hij

Verbijsterd zette Trinidad de kartonnen doos op de grond

en knielde voor hem neer. 'Bid een oefening van berouw,' zei pater Angel, nadat hij zijn stem de vaderlijke toon van de biechtvader had weten te verlenen. Trinidad drukte haar vuisten tegen haar borst en begon in een onverstaanbaar gemompel te bidden, tot de pater zijn hand op haar schouder legde en zei: 'Goed.'

'Ik heb leugens verteld,' zei Trinidad.

'Wat verder nog?'

'Ik heb slechte gedachten gehad.'

Dat was de volgorde van haar biecht. Ze somde altijd dezelfde algemene zonden op, en altijd in dezelfde volgorde. Maar deze keer kon pater Angel geen weerstand bieden aan de dringende behoefte, er dieper op in te gaan.

'Bijvoorbeeld,' zei hij.

'Ik weet het niet,' aarzelde Trinidad. 'Een mens heeft wel eens slechte gedachten.'

Pater Angel richtte zich op.

'Is het nooit in je hoofd opgekomen een eind aan je leven te maken?'

'Ave Maria Purísima,' riep Trinidad zonder haar hoofd op te heffen, terwijl ze tegelijkertijd met haar vingerknokkels op de tafelpoot sloeg. Daarna antwoordde ze: 'Nee, pater.'

Pater Angel dwong haar haar hoofd op te heffen en hij merkte met een troosteloos gevoel dat de ogen van het meisje zich met tranen vulden.

'Bedoel je dat het arsenicum werkelijk voor de muizen is?'

'Ja, pater.'

'Waarom huil je dan?'

Trinidad probeerde haar hoofd weer te laten zakken, maar hij hield met een krachtig gebaar haar kin op. Ze brak in tranen uit. Pater Angel voelde ze als lauwe azijn tussen zijn vingers stromen.

'Probeer wat te kalmeren,' zei hij. 'Je bent nog niet klaar met je biecht.'

Hij liet haar met rust tot ze met een geluidloze klacht weer tot zichzelf kwam. Toen hij voelde dat ze niet meer huilde, zei hij zacht:

'Goed, vertel het me nu maar.'

Trinidad snoot haar neus in haar rok en slikte een dik en van tranen ziltig speeksel in. Toen ze weer sprak had haar stem weer die vreemde baritonklank.

'Mijn oom Ambrosio valt me lastig,' zei ze.

'Zo zo.'

'Hij wil dat ik hem een nacht bij mij in bed laat slapen,' zei Trinidad.

'Ga verder.'

'Er is verder niets,' zei Trinidad. 'In Gods heilige naam, er is verder niets.'

'Zweer niet,' waarschuwde de pater haar. Toen vroeg hij haar met zijn kalme biechtvaderstem: 'Vertel eens: met wie slaap je?'

'Met mijn moeder en de andere meisjes,' zei Trinidad. 'Zeven in één kamer.'

'En hij?'

'In de andere kamer, bij de mannen,' zei Trinidad.

'Is hij nooit in je kamer gekomen?'

Trinidad schudde haar hoofd.

'Zeg me de waarheid,' drong pater Angel aan. 'Vooruit, wees niet bang: heeft hij nooit geprobeerd in je kamer te komen?'

'Eén keer.'

'Hoe ging dat?'

'Weet ik niet,' zei Trinidad. 'Toen ik wakker werd voelde ik dat hij onder het muskietennet was komen liggen, heel stil, en hij zei dat hij me niets wilde doen maar dat hij bij mij wilde slapen omdat hij bang voor de hanen was.'

'Wat voor hanen?'

'Weet ik niet,' zei Trinidad. 'Dat zei hij.'

'En wat zei jij?'

'Dat als hij niet wegging ik zou gaan gillen zodat iedereen wakker werd.'

'En wat deed hij?'

'Cástula werd wakker en vroeg me wat er aan de hand was, en ik zei haar van niets, dat ik zeker gedroomd had, en

98

toen hield hij zich zo stil als een dode, en ik merkte haast niet dat hij er weer uit ging.'

'Hij was toch gekleed,' zei de pater op bevestigende toon.

'Hij was zoals hij slaapt,' zei Trinidad, 'alleen maar zijn broek aan.'

'Heeft hij niet geprobeerd je aan te raken.'

'Nee, pater.'

'Zeg me de waarheid.'

'Het is waar, pater,' hield Trinidad vol. 'Bij God en zijn heiligen.'

Pater Angel lichtte opnieuw haar hoofd op en keek haar in haar ogen, die vochtig waren door een trieste glans.

'Waarom heb je dat voor me verborgen gehouden?'

'Het maakte me bang.'

'Bang waarvoor?'

'Weet ik niet, pater.'

Hij legde zijn hand op haar schouder en gaf haar uitvoerig raad. Trinidad knikte instemmend met haar hoofd. Toen ze klaar waren, begon hij heel zacht met haar te bidden: 'Mijn Heer Jezus Christus, God en Ware mens...' Hij bad zeer innig en tijdens het gebed maakte hij in gedachten de balans van zijn leven op, tot zover als zijn geheugen gaan kon. Toen hij haar de absolutie gaf begon een rampzalig humeur zich van zijn geest meester te maken.

De burgemeester duwde de deur open en schreeuwde: 'Rechter.'

De vrouw van rechter Arcadio verscheen in de slaapkamer terwijl ze haar handen aan haar rok afdroogde.

'Hij is al twee nachten niet thuisgekomen,' zei ze.

'Vervloekt nog aan toe,' zei de burgemeester. 'Gisteren is hij niet in zijn kantoor geweest. Ik heb hem overal gezocht voor een dringende zaak en niemand kan me vertellen waar hij uithangt. Hebt u geen idee waar hij zijn kan?'

De vrouw haalde haar schouders op.

'Hij zal wel bij de hoeren zijn.'

De burgemeester ging naar buiten zonder de deur achter

zich te sluiten. Hij ging naar de biljartzaal, waar de juke-box op volle kracht een sentimenteel liedje maalde, liep regelrecht naar de achterste afdeling en schreeuwde: 'Rechter.'

Don Roque, de eigenaar, hield even op met het overschenken van flessen rum. 'Hij is er niet, luitenant,' riep hij.

De burgemeester begaf zich naar de andere kant van het tussenschot. Groepjes mannen zaten er te kaarten. Niemand had rechter Arcadio gezien.

'Verdomme,' zei de burgemeester. 'In dit dorp weet iedereen wat iedereen doet en nu ik de rechter nodig heb weet geen mens waar hij uithangt.'

'Vraag het aan de man die de schotschriften ophangt,' zei don Roque.

'Lul me niet aan mijn kop over die papiertjes,' zei de burgemeester.

Ook in zijn kantoor was rechter Arcadio niet. Het was pas negen uur, maar de sekretaris van het gerecht lag al een dutje te doen in de gang van de patio. De burgemeester ging naar het politiebureau, liet drie agenten zich aankleden en stuurde hen er op uit om rechter Arcadio op te snorren in de danszaal en in de kamers van de drie klandestiene publieke vrouwen die iedereen kende. Vervolgens ging hij de straat weer op zonder een bepaalde richting te volgen. In de kapsalon, wijdbeens in een stoel en met zijn gezicht in een warme handdoek gehuld, zat rechter Arcadio.

'Vervloekt nog aan toe, rechter,' schreeuwde hij, 'ik zoek u al twee dagen.'

De kapper nam de handdoek weg en de burgemeester zag twee gezwollen ogen en een kin die donkergekleurd was door een baard van drie dagen.

'U de hort op terwijl uw vrouw aan het baren is,' zei hij.

Rechter Arcadio sprong uit de stoel op.

'Godverdomme!'

De burgemeester lachte luidruchtig en duwde hem weer tegen de rugleuning aan. 'Stel u niet aan,' zei hij. 'Ik zocht u voor iets anders.' Rechter Arcadio strekte zich met gesloten ogen weer in de stoel uit.

'Maak eerst dit maar af en ga dan mee naar het kantoor,' zei de burgemeester. 'Ik wacht wel.'

Hij ging op de bank zitten.

'Waar voor den donder zat u eigenlijk?'

'Hier in de buurt,' zei de rechter.

De burgemeester kwam niet dikwijls in de kapsalon. Hij had het bordje wel eens gezien dat aan de muur hing: 'Verboden over politiek te praten', maar dat was hem normaal voorgekomen. Deze keer echter trok het zijn aandacht.

'Guardiola,' riep hij.

De kapper veegde het mes aan zijn broek af en wachtte.

'Wat is er, luitenant?'

'Wie heeft jou vergunning gegeven om dat op te hangen?' vroeg de burgemeester, op het bordje wijzend.

'De ondervinding,' zei de kapper.

De burgemeester sleepte een krukje naar de achterzijde van de kapsalon en klom erop om het bordje weg te halen.

'De enige die hier het recht heeft om iets te verbieden is de regering,' zei hij. 'We leven in een democratie.'

De kapper ging weer aan zijn werk. 'Niemand kan beletten dat de mensen uiting geven aan hun ideeën,' vervolgde de burgemeester terwijl hij het karton stukscheurde. Hij smeet de stukken in de prullemand en liep naar de kaptafel om zijn handen te wassen.

'Zo zie je maar, Guardiola,' oordeelde rechter Arcadio, 'wat er met je gebeurt als je slim wilt zijn.'

De burgemeester zocht de kapper in de spiegel en zag dat hij geheel in zijn werk opging. Hij verloor hem niet uit het oog terwijl hij zijn handen afdroogde.

'Het verschil tussen vroeger en nu,' zei hij, 'is dat vroeger de politici de baas waren en nu de regering.'

'Je hebt het gehoord, Guardiola,' zei rechter Arcadio met zijn gezicht vol schuim.

'Nou en of,' zei de kapper.

Toen ze naar buiten gingen duwde hij rechter Arcadio in de richting van het kantoor. In de aanhoudende regen leken de straten wel geplaveid met zachte zeep.

'Ik heb altijd al gedacht dat dat een nest van samenzweer-
ders is,' zei de burgemeester.

'Ze praten,' zei rechter Arcadio, 'maar verder gaan ze niet.'

'Maar dat is het nou juist wat me zo achterdochtig maakt,'
antwoordde de burgemeester: 'dat ze te tam lijken.'

'In de hele geschiedenis van de mensheid,' verklaarde de
rechter, 'is er nog nooit één samenzwerende kapper geweest.
Daartegenover staat dat er nog nooit één kleermaker geweest is die het niet was.'

Hij liet de arm van rechter Arcadio niet los voor hij hem in
de draaistoel geïnstalleerd had. De sekretaris kwam geeuwend
het kantoor binnen, met een velletje in machineschrift be-
schreven papier in zijn hand. 'Juist,' zei de burgemeester tegen hem, 'we gaan aan het werk.' Hij gooide zijn pet achter
zich en pakte het velletje.

'Wat is dat?'

'Dat is voor de rechter,' zei de sekretaris. 'Het is de lijst van
personen bij wie ze geen schotschriften aangeplakt hebben.'

De burgemeester keek rechter Arcadio met een verbijsterd
gezicht aan.

'Ai, verdomd!' riep hij. 'Dus u houdt u ook al met die onzin
bezig.'

'Het is net zoiets als detectives lezen,' verontschuldigde de
rechter zich.

De burgemeester nam de lijst door.

'Het is een mooie aanwijzing,' legde de sekretaris uit, 'de
dader moet een van deze mensen zijn. Dat is toch logisch?'

Rechter Arcadio nam het blaadje van de burgemeester af.
'Dat is zo stom als mijn reet,' zei hij, zich tot de burgemeester
richtend. Vervolgens zei hij tegen de sekretaris: 'Als ik schotschriften ophang, dan is het eerste wat ik doe er eentje aan
mijn eigen huis aanplakken om iedere verdenking van me af te
wenden.' En hij vroeg aan de burgemeester: 'Gelooft u ook
niet, luitenant?'

'Lulkoek van de mensen,' zei de burgemeester, 'en die weten zelf wel hoe ze dat weer op moeten knappen. Daar hoeven
wij ons niet voor in het zweet te werken.'

Rechter Arcadio scheurde het blaadje stuk, maakte er een prop van en gooide die op de binnenplaats: 'Allicht.'

Voordat dit antwoord kwam was de burgemeester het voorval alweer vergeten. Hij liet zijn handpalmen op het schrijfbureau rusten en zei:

'Juist, het zaakje dat u voor mij eens in uw boeken na moet kijken is dit: als gevolg van de overstroming hebben de mensen van de laagste wijken hun huizen naar de stukken land achter het kerkhof verplaatst, en dat land is mijn eigendom. Wat moet ik in dit geval doen?'

Rechter Arcadio glimlachte.

'Daar hoefden we niet voor naar mijn kantoor te komen,' zei hij. 'Het is zo simpel als wat: de gemeente wijst de stukken land aan de pachters toe en betaalt de passende schadevergoeding aan hem die kan aantonen dat hij de rechtmatige eigenaar is.'

'Ik heb de koopakten,' zei de burgemeester.

'Dan hoeven er alleen maar bevoegde experts benoemd te worden om de taxatie te verrichten,' zei de rechter. 'De gemeente betaalt.'

'Wie benoemt die experts?'

'Die kunt u zelf benoemen.'

De burgemeester liep naar de deur terwijl hij zijn revolverfoedraal recht schoof. Toen hij hem weg zag gaan, dacht rechter Arcadio dat het leven niets meer is dan een onafgebroken opeenvolging van gunstige gelegenheden om in leven te blijven.

'Voor zoiets simpels hoeft u zich niet nerveus te maken,' glimlachte hij.

'Ik ben niet nerveus,' zei de burgemeester ernstig, 'maar het is evengoed een vervelend gedoe.'

'Vanzelfsprekend zult u eerst de prokureur moeten benoemen,' kwam de sekretaris tussenbeide.

De burgemeester richtte zich tot de rechter.

'Is dat zo?'

'Tijdens de staat van beleg is het niet absoluut noodzakelijk,' zei de rechter, 'maar natuurlijk zou uw positie wel wat zuiverder zijn als er een prokureur in de zaak gemengd werd, gezien de omstandigheid dat u zelf de eigenaar van de landerijen in kwestie bent.'

'Dan zullen we er eentje moeten aanstellen,' zei de burgemeester.

De heer Benjamín zette zijn andere voet op het voetsteuntje zonder de stinkgieren uit het oog te verliezen, die midden op straat om de darmen van een of ander beest vochten. Hij keek naar de moeizame bewegingen van de dieren, plechtig en arrogant alsof ze een zeer oude dans uitvoerden, en hij had bewondering voor de natuurgetrouwe uitbeelding waarmee de mannen zich op de laatste zondag voor de Vasten als stinkgieren vermomden. De jongen die aan zijn voeten zat smeerde de andere schoen met zinkoxyde in en tikte opnieuw tegen het kistje als teken dat hij zijn andere voet op de voetensteun moest zetten.

De heer Benjamín, die in vroeger tijden leefde van het schrijven van verzoekschriften, haastte zich met niets. De tijd had een onmerkbare snelheid in dat winkeltje dat hij centavo voor centavo opgesoupeerd had tot er alleen nog maar een blik petroleum en een pakje vetkaarsen van overgebleven waren.

'Al regent het, het blijft toch warm,' zei de jongen.

Daar was de heer Benjamín het mee eens. Hij was in smetteloos linnen gekleed. De jongen daarentegen had een doorweekte rug.

'Warmte is een geestelijk probleem,' zei de heer Benjamín. 'Het is alleen maar een kwestie van er geen aandacht aan besteden.'

De jongen gaf geen kommentaar. Hij tikte nog eens tegen het kistje en even later was zijn werk voltooid. In zijn lugubere winkel vol lege kasten trok de heer Benjamín zijn colbertjasje aan. Vervolgens zette hij een hoed van gevlochten stro op, stak, zich met zijn paraplu tegen de regen beschermend, de straat over en klopte op het raam van het huis aan de overkant. In het op een kier geopende raam vertoonde zich een meisje met diepzwart haar en een zeer bleke huid.

'Goeiemorgen, Mina,' zei de heer Benjamín. 'Ga je nog niet lunchen?'

Ze zei van niet en opende het raam nu helemaal. Ze zat voor een grote mand vol stukjes ijzerdraad en gekleurd papier. In haar schoot lagen een kluwen draad, een schaar en een onafgemaakte tak met bloemen. Een plaat zong op de grammofoon.

'Zou je zo lief willen zijn en de winkel een beetje in de gaten houden tot ik terugkom?' vroeg de heer Benjamín.

'Blijft u lang weg?'

De heer Benjamín luisterde aandachtig naar de plaat.

'Ik ga naar de tandarts,' zei hij. 'Binnen een half uur ben ik weer terug.'

'O, goed dan,' zei Mina, 'het blinde mens wil niet dat ik voor het raam blijf zitten.'

De heer Benjamín luisterde niet meer naar de plaat. 'Al die liedjes van tegenwoordig zijn één pot nat,' zei hij. Mina hief een zojuist voltooide bloem aan een in groen papier gewikkelde stengel van ijzerdraad omhoog. Ze liet de bloem tussen haar vingers ronddraaien, geboeid door de volmaakte overeenstemming tussen de grammofoonplaat en de bloem.

'U houdt niet van muziek,' zei ze.

Maar de heer Benjamín was al weggegaan, op zijn tenen lopend om de stinkgieren niet op te jagen. Mina ging pas weer aan het werk toen ze hem aan de deur van de tandarts zag aankloppen.

'Zoals ik het zie,' zei de tandarts terwijl hij de deur opende, 'zit bij de kameleon het gevoel in de ogen.'

'Kan best zijn,' gaf de heer Benjamín toe. 'Maar waar slaat dat op?'

'Ik heb net over de radio gehoord dat blinde kameleons niet van kleur veranderen,' zei de tandarts.

Nadat hij zijn paraplu geopend in de hoek had gezet, hing de heer Benjamín zijn jasje en zijn hoed aan een en dezelfde spijker op en ging in de stoel zitten. De tandarts stampte in een vijzel een rozige massa fijn.

'Ze zeggen zoveel,' zei de heer Benjamín.

Niet alleen op dat ogenblik, maar in iedere omstandigheid praatte hij met een geheimzinnige stembuiging.

'Over kameleons?'

'Over iedereen.'

De tandarts kwam met de gereedgekomen pasta naar de stoel toe om de afdruk te nemen. De heer Benjamín nam het beschadigde kunstgebit uit zijn mond, wikkelde het in een zakdoek en legde het op de glazen console naast de stoel. Zonder tanden, met zijn smalle schouders en zijn magere ledematen, had hij iets van een heilige. Nadat hij de pasta over het verhemelte gesmeerd had, liet de tandarts hem zijn mond sluiten.

'Zo is het, ja,' zei hij, terwijl hij hem in de ogen keek. 'Ik ben een lafaard.'

De heer Benjamín probeerde diep adem te halen, maar de tandarts bleef zijn mond dichtdrukken. 'Nee,' antwoordde hij in gedachten. 'Dat is niet waar.' Hij wist net als iedereen dat de tandarts de enige ter dood veroordeelde was geweest die zijn huis niet verlaten had. Ze hadden de muren met kogels doorzeefd, ze hadden hem vierentwintig uur de tijd gegeven om het dorp te verlaten, maar ze waren er niet in geslaagd hem te breken. Hij had de praktijk naar een binnenvertrek overgebracht, en werkte met de revolver binnen handbereik, zonder van zijn stuk te raken, tot de lange maanden van terreur voorbij waren.

Tijdens de operatie zag de tandarts verschillende malen in de ogen van de heer Benjamín een en hetzelfde antwoord verschijnen dat in verscheidene graden van angst tot uiting kwam. Maar hij bleef zijn mond dichtdrukken, in afwachting dat de pasta gedroogd was. Hierna maakte hij de afdruk los.

'Dat bedoelde ik niet,' zei de heer Benjamín, eindelijk ontlast van wat hij zeggen wilde. 'Ik bedoelde de schotschriften.'

'Aha,' zei de tandarts. 'Dus jij maakt je daar ook al druk over.'

'Het is een symptoom van maatschappelijke ontbinding,' zei de heer Benjamín.

Hij had het kunstgebit weer in zijn mond gestopt en begon

nu aan het angstvallig zorgvuldige procédé van het aantrekken van zijn colbertjasje.

'Het is een symptoom van dat alles vroeg of laat bekend wordt,' zei de tandarts onverschillig. Hij keek door het raam naar de sombere lucht en stelde voor:

'Als je wilt kun je hier wachten tot het opklaart.'

De heer Benjamín hing de paraplu om zijn arm. 'Ik kan de winkel niet alleen laten,' zei hij, terwijl ook hij naar de zware, van regen zwangere wolk keek. Bij wijze van afscheid nam hij zijn hoed af.

'En zet dat idee uit je hoofd, Aurelio,' zei hij, al in de deur. 'Niemand heeft het recht te denken dat jij een lafaard bent.'

'In dat geval,' zei de tandarts, 'moet je even wachten.'

Hij liep naar de deur en gaf de heer Benjamín een dichtgevouwen blaadje.

'Lees het en laat het rondgaan.'

De heer Benjamín hoefde het blaadje niet open te vouwen om te weten waarover het ging. Hij keek er met open mond naar.

'Alweer?'

De tandarts knikte en bleef in de deur staan tot de heer Benjamín naar buiten was gegaan.

Om twaalf uur riep zijn vrouw hem voor de lunch. Angela, zijn twintigjarige dochter, zat kousen te verstellen in de eenvoudig en armelijk gemeubileerde eetkamer, waar dingen stonden die al oud leken vanaf het moment dat ze er geplaatst waren. Op de balustrade die tot aan de patio liep stond een rij roodgeverfde potten met geneeskrachtige planten.

'Die arme Benjamincito,' zei de tandarts terwijl hij aan de ronde tafel ging zitten, 'die maakt zich druk om de schotschriften.'

'Iedereen maakt er zich druk om,' zei zijn vrouw.

'De Tovars gaan uit het dorp weg,' merkte Angela op.

De moeder nam de borden in ontvangst om de soep op te scheppen. 'Ze verkopen alles in haast,' zei ze. Toen hij de warme geur van de soep opsnoof voelde de tandarts zich ver van alles waar zijn vrouw zich zorgen over maakte.

'Ze komen wel weer terug,' zei hij. 'Schaamte heeft een slecht geheugen.'

Terwijl hij op de lepel blies voor hij een hap soep nam, wachtte hij op het kommentaar van zijn dochter, een meisje dat er een beetje dor uitzag, net als hij, maar wier blik een uitzonderlijke levendigheid uitstraalde. Maar er kwam geen reaktie.

Ze sprak over het circus. Ze vertelde dat er een man was die zijn vrouw doormidden zaagde, en een dwerg die zong terwijl hij zijn hoofd in de bek van een leeuw gestoken had, en een trapezeakrobaat die een driedubbele salto mortale maakte boven een platform met messen. De tandarts luisterde naar haar terwijl hij zwijgend verder at. Tenslotte beloofde hij dat ze die avond, als het niet regende, allemaal naar het circus zouden gaan.

Terwijl hij in de slaapkamer de hangmat ophing voor de siësta, begreep hij dat zijn belofte zijn vrouw niet in een beter humeur had gebracht. Ook zij was geneigd het dorp te verlaten als er bij hen een schotschrift aangeplakt werd.

De tandarts luisterde zonder verbazing naar haar. 'Dat zou helemaal mooi zijn,' zei hij, 'dat ze ons er met geweerkogels niet uit konden krijgen en met een op de deur geplakt papiertje wel.' Hij trok zijn schoenen uit, ging met zijn sokken nog aan in de hangmat liggen, en probeerde haar gerust te stellen:

'Maak je maar geen zorgen, er is niet het minste risiko dat ze er eentje aanplakken.'

'Ze ontzien niemand,' zei de vrouw.

'Hangt ervan af,' zei de tandarts, 'met mij weten ze dat het hun duur te staan komt.'

De vrouw strekte zich op het bed uit in een houding van grenzeloze moeheid.

'Als je tenminste maar wist wie ze aanplakt.'

'Die ze aanplakt, die weet het wel,' zei de tandarts.

De burgemeester bracht dikwijls dagenlang door zonder te eten. Hij vergat het eenvoudig. Zijn aktiviteiten, soms koortsachtig, waren even onregelmatig als de langdurige perioden van nietsdoen en verveling waarin hij zonder bepaald doel door het dorp zwierf of zich in het geblindeerde kantoor opsloot, onbewust van het verglijden van de tijd. Altijd alleen, altijd een beetje op drift, had hij geen enkele speciale liefhebberij, en ook kon hij zich geen enkel tijdperk herinneren dat door geregelde gewoonten gekenmerkt werd. Uitsluitend voortgedreven door een onweerstaanbare haast verscheen hij op elk willekeurig uur in het hotel en at wat ze hem voorzetten.

Die dag lunchte hij met rechter Arcadio. Ze bleven de hele verdere middag samen, totdat de verkoop van de landerijen gelegaliseerd was. De experts deden hun plicht. De prokureur, die een tijdelijke aanstelling had gekregen, vervulde zijn funktie gedurende twee uren. Even na vieren, toen ze de biljartzaal binnengingen, schenen beiden terug te keren van een moeizame tocht door de toekomst.

'Zo, daar zijn we dus mee klaar,' zei de burgemeester handenwrijvend.

Rechter Arcadio lette er niet op. De burgemeester zag hem bij de bar blindelings naar een kruk zoeken en gaf hem een aspirientje.

'Een glas water,' beval hij don Roque.

'Een ijskoud bier,' verbeterde rechter Arcadio, met zijn voorhoofd op de bar geleund.

'Of een ijskoud bier,' rektificeerde de burgemeester terwijl hij het geld op de bar legde. 'Hij heeft het eerlijk verdiend door te werken als een man.'

Nadat hij het bier gedronken had, wreef rechter Arcadio met zijn vingers over zijn hoofdhuid. De zaak verkeerde in een soort opgewonden feestroes, men wachtte op de optocht van het circus.

De burgemeester zag het vanuit de biljartzaal. Schokkend door het koper en blik van het orkest kwam als eerste een meisje in een zilverglanzende jurk, gezeten op een dwergolifant die oren als malangabladeren had. Achter haar kwamen de clowns en de trapezewerkers. Het was nu helemaal droog geworden en de laatste zonnestralen begonnen de schoongewassen middag te verwarmen. Toen de muziek zweeg, zodat de man op stelten de aankondiging kon voorlezen, scheen het hele dorp zich in een wonderlijke stilte van de aarde te verheffen.

Pater Angel, die de stoet vanuit zijn werkkamer zag, bewoog zijn hoofd op het ritme van de muziek. Dit uit zijn kindertijd naar boven gekomen gevoel van welzijn bleef hem gedurende het avondeten bij en ook nog in de eerste uren van de avond, totdat hij klaar was met kontroleren wie er de bioskoop binnengingen en hij opnieuw alleen met zichzelf was, in de slaapkamer. Na het avondgebed bleef hij in een toestand van klaaglijke verrukking in de rieten schommelstoel zitten, zonder dat er iets tot hem doordrong toen het negen uur sloeg of toen de luidspreker van de bioskoop zweeg en alleen het geluid van een pad overbleef. Van zijn schommelstoel liep hij naar zijn werktafel om een oproep aan de burgemeester te schrijven.

Op een van de erezetels in het circus, die hij op aandringen van de direkteur had ingenomen, woonde de burgemeester het openingsnummer van de trapezewerkers en het eerste optreden van de clowns bij. Hierna kwam Cassandra, in zwart fluweel gekleed en geblinddoekt, om de gedachten van de aanwezigen te raden. De burgemeester vluchtte. Hij maakte een routineronde door het dorp en ging om tien uur naar het politiebureau. Daar lag, op schoolschriftpapier en in heel ingewikkeld schrift geschreven, de oproep van pater Angel op hem te wachten. De vormelijkheid waarmee het verzoekschrift was opgesteld verontrustte hem.

Pater Angel was net begonnen zich uit te kleden toen de burgemeester op zijn deur klopte. 'Verdraaid,' zei de pastoor. 'Zo vlug verwachtte ik hem niet.'

De burgemeester nam voordat hij binnenkwam zijn pet af.

'Ik antwoord graag op brieven,' glimlachte hij.

Hij gooide zijn pet, waarbij hij hem rond liet draaien als een werpschijf, in de rieten schommelstoel. Onder de plank voor de waterkruiken, in het water van de wasbak, stonden verscheidene flessen spuitwater om koud te worden. Pater Angel nam er een van.

'Een glaasje limonade?'

De burgemeester knikte.

'Ik heb u lastig gevallen,' zei de pastoor, recht op het doel afgaande, 'om u mijn ongerustheid te tonen, over uw onverschilligheid tegenover de schotschriften.'

Hij zei het op zo'n manier dat het ook als een grapje op te vatten was, naar de burgemeester vatte het letterlijk op. Hij vroeg zich verbijsterd af hoe de bezorgdheid over de schotschriften pater Angel zo ver had kunnen krijgen.

'Het is eigenaardig, pater, dat u zich daar ook al druk over maakt.'

Pater Angel zocht in de laden van de tafel naar de flesopener.

'Het zijn niet de schotschriften zelf waar ik me zorgen over maak,' zei hij een beetje in verwarring, niet wetend wat hij met de fles aan moest vangen. 'Waar ik me zorgen over maak is, laten we zeggen een zekere onrechtvaardigheid die er in dit alles schuilt.'

De burgemeester nam de fles van hem af en maakte hem aan het ijzerbeslag van zijn laars open met een handige beweging van zijn linkerhand die de aandacht van pater Angel trok. Hij likte het naar buiten stromende schuim van de hals van de fles af.

'Er is zoiets als een privé-leven,' begon hij, zonder tot een besluit te kunnen komen. 'In ernst, pater, ik zie niet in wat we zouden kunnen doen.'

De pater ging achter zijn schrijftafel zetten. 'Dat zou u toch moeten weten,' zei hij. 'Per slot van rekening is het niets nieuws voor u.' Hij keek met een vage blik de kamer rond en zei op een andere toon:

'Het gaat erom, nog vóór de zondag iets te doen.'

'Vandaag is het donderdag,' preciseerde de burgemeester.

'Ik geef me heus wel rekenschap van de tijd,' antwoordde de pater. En hij voegde er met een verborgen impulsiviteit aan toe: 'Maar misschien is het voor u nog niet te laat om uw plicht te doen.'

De burgemeester deed alsof hij de fles de hals wilde omdraaien. Pater Angel zag hem van het ene eind van de kamer naar het andere lopen, ernstig en slank, zonder enig teken van ouderdom, en hij kreeg een onverholen minderwaardigheidsgevoel.

'Zoals u ziet,' zei hij weer, 'is het niets uitzonderlijks.'

De torenklok sloeg elf uur. De burgemeester wachtte tot de laatste galm weggestorven was en ging toen in gebogen houding voor de pater staan, met zijn handen op de tafel steunend. Op zijn gezicht lag dezelfde uitdrukking van onderdrukte angst die in zijn stem doorklonk:

'Kijk een hier, pater,' begon hij, 'het is rustig in het dorp, de mensen beginnen vertrouwen in het gezag te krijgen. Iedere uiting van macht zou op dit ogenblik een te groot risico opleveren, voor een zaak van zo weinig belang.'

Pater Angel knikte instemmend. Hij probeerde zijn bedoelingen nader uiteen te zetten.

'Ik doelde, in het algemeen gesproken, op bepaalde maatregelen van het gezag.'

'Hoe dan ook,' vervolgde de burgemeester zonder van houding te veranderen, 'ik houd rekening met de omstandigheden. U weet hoe het is: Ik heb hier zes agenten die in het politiebureau zitten en hun loon verdienen zonder er iets voor te doen. Ik ben er niet in geslaagd ze te doen vervangen.'

'Ik weet het, ja,' zei pater Angel. 'Ik verwijt u niets.'

'In werkelijkheid,' vervolgde de burgemeester op heftige toon zonder zich iets van de onderbrekingen aan te trekken, 'is het voor niemand een geheim dat drie van hen gewone misdadigers zijn, die ze uit de gevangenissen gehaald en als politiemannen vermomd hebben. Zoals de zaken er nu voorstaan ben ik niet van plan het risiko te lopen ze de straat op te sturen om op jacht te gaan naar een spook.'

Pater Angel spreidde zijn armen uit.

'Natuurlijk, natuurlijk,' erkende hij op besliste toon. 'Dat komt natuurlijk helemaal niet ter sprake. Maar waarom denkt u bijvoorbeeld niet eens aan de goede burgers?'

De burgemeester rekte zich uit, dronk met trage slokken uit de fles. Zijn borst en zijn rug waren doorweekt van zweet.

'De goede burgers, zoals u ze noemt, lachen zich dood om de schotschriften,' zei hij.

'Niet allen.'

'Bovendien is het niet goed de mensen schrik aan te jagen om iets dat uiteindelijk de moeite niet waard is. Eerlijk, pater,' besloot hij goedgeluimd, 'tot vanavond had ik zelfs niet aan de mogelijkheid gedacht dat u en ik iets met die onzin te maken konden hebben.'

Pater Angel nam nu een moederlijke houding aan. 'Tot op zekere hoogte wel, ja,' antwoordde hij, en met die woorden begon hij een omslachtige uiteenzetting, waarin reeds de gerijpte zinsneden voorkwamen van de preek, die hij sinds de vorige dag tijdens de lunch bij de weduwe van Asis in gedachten was begonnen op te stellen.

'Het gaat, als we het zo zeggen mogen,' besloot hij als hoogtepunt, 'om een geval van terrorisme van morele aard.'

De burgemeester glimlachte onomwonden. 'Goed ja, goed ja,' viel hij hem bijna in de rede. 'We hoeven ons nu ook weer niet bij die papiertjes neer te leggen, pater.' En terwijl hij de half volle fles op de tafel liet staan, zei hij schipperend, op zijn vriendelijkste toon:

'Als u het zo stelt, ja dan zullen we moeten zien wat we eraan doen kunnen.'

Pater Angel bedankte hem. Het was voor hem ook helemaal niet prettig, onthulde hij, zondag de preekstoel te moeten beklimmen met zo'n zorg aan zijn hoofd. De burgemeester deed zijn best het te begrijpen. Maar hij merkte nu dat het te laat was en dat hij de pater van zijn slaap beroofde.

Het getrommel verscheen opnieuw als een spookverschijning uit het verleden. Het barstte los vlak voor de biljartzaal, om tien uur in de morgen, en hield het dorp precies in zijn zwaartepunt in evenwicht, totdat de drie krachtige waarschuwingen van het slot geroffeld werden en de onrust terugkeerde.

'De dood!' riep de weduwe van Montiel toen ze ramen en deuren zag opengaan en de mensen van alle kanten naar het plein zag stromen. 'De dood is gekomen!'

Toen ze wat van de eerste indruk bekomen was, trok ze de gordijnen van het balkon open en keek naar de drukte rond de politieagent, die zich gereedmaakte om de verordening voor te lezen.

De stilte die op het plein heerste was te groot voor de stem van de omroeper. Hoe oplettend de weduwe probeerde toe te luisteren, en hoewel ze haar hand als een schelp om haar oor vouwde, ze kon niet meer dan twee woorden verstaan.

Niemand in huis kon haar inlichten. De verordening was voorgelezen met hetzelfde autoritaire ritueel als altijd, een nieuwe orde beheerste de wereld en de weduwe van Montiel vond niemand die het verstaan had. De keukenmeid maakte zich ongerust over haar bleekheid.

'Wat zei de verordening?'

'Dat probeer ik nu juist te weten te komen, maar niemand weet iets. Natuurlijk,' voegde de weduwe eraan toe, 'zolang de wereld bestaat hebben verordeningen nooit iets goeds gebracht.'

Toen ging de keukenmeid de straat op en kwam terug met alle bijzonderheden. Met ingang van deze avond, en totdat de oorzaken die er de reden van waren niet meer bestonden, werd opnieuw de avondklok ingesteld. Niemand mocht tussen acht uur 's avonds en vijf uur 's morgens de straat op zonder een door de burgemeester ondertekend en gestempeld vrijgeleide. De politie had bevel gekregen iedere persoon die ze op straat tegenkwam driemaal tot stilstaan te sommeren en, zo dit bevel niet opgevolgd werd, te schieten. De burgemeester zou ronden van burgerwachten instellen die bij de nachtelijke bewaking met de politie zouden samenwerken.

De weduwe van Montiel beet zich op haar nagels en vroeg wat dan wel de oorzaken van deze maatregel waren.

'Dat stond niet in de verordening,' antwoordde de keukenmeid, 'maar iedereen zegt dat het de schotschriften zijn.'

'Mijn hart zei het me al,' riep de weduwe dodelijk verschrikt. 'Dood en verderf worden in dit dorp gezaaid.'

Ze liet de heer Carmichael komen. Gehoorgevend aan een macht die ouder en rijper was dan een impuls, gaf ze bevel de leren hutkoffer met de koperen sierspijkertjes, die José Montiel een jaar voor zijn dood gekocht had voor de enige reis die hij ooit had gemaakt, uit het magazijn te halen en naar de slaapkamer te brengen. Ze haalde enkele jurken, wat ondergoed en wat schoenen uit de kast en stopte alles onderin de koffer. Terwijl ze bezig was kreeg ze het gevoel van absolute rust waar ze al zo dikwijls van gedroomd had en waarbij ze zichzelf voorstelde ver van dit dorp en dit huis, in een kamertje met een stookplaats en een klein perkje met kistjes om wilde marjolein te kweken, en waar zij alleen het recht had zich José Montiel te herinneren en haar enige bezigheid was, op de maandagmiddagen te wachten om de brieven van haar dochters te lezen.

Ze had ternauwernood de allernoodzakelijkste kledingstukken in de koffer geborgen: het leren etui met het schaartje, de hechtpleister en het flesje jodium en het naaigerei en verder de schoenendoos met de rozenkrans en de gebedenboeken, en reeds kwelde haar de gedachte dat ze meer dingen meenam dan God haar kon vergeven. Toen stopte ze de gipsen heilige Rafael in een kous, stak hem voorzichtig tussen haar kleren weg en sloot de koffer met het sleuteltje af.

Toen de heer Carmichael binnenkwam trof hij haar in haar eenvoudigste kleren. Die dag, het leek wel een veelbelovend voorteken, had de heer Carmichael geen paraplu bij zich. Maar de weduwe zag het niet. Ze nam al de sleutels van het huis uit haar zak, elk met een in machineschrift op een kartonnetje getikte aanwijzing, en gaf ze hem, met de woorden:

'Ik leg hier in uw handen de zondige wereld van José Montiel. Doe ermee wat u goeddunkt.'

De heer Carmichael was al een hele tijd bang geweest dat dit ogenblik komen zou.

'Betekent dat,' zei hij aarzelend, 'dat u ergens anders heen wilt gaan tot deze dingen hier voorbij zijn?'

De weduwe antwoordde met kalme stem, maar onherroepelijk: 'Ik ga weg voor altijd.'

Zonder iets van zijn ontzetting te laten merken, gaf de heer Carmichael haar een overzicht van de situatie. De nalatenschap van José Montiel was nog niet afgewikkeld. Veel van de eigendommen die op wat voor manier ook verkregen waren en zonder de tijd om de noodzakelijke formaliteiten te verrichten, verkeerden in een situatie die legaal nog niet was vastgelegd. Zolang er geen orde gebracht was in dit chaotische fortuin, waarvan José Montiel in zijn laatste levensjaren zelfs niet bij benadering enige notie had, was het onmogelijk de erfenis af te wikkelen. De oudste zoon, die zich in zijn consulaire funktie in Duitsland bevond, en de beide dochters, die gefascineerd waren door het woeste leven in Parijs, moesten naar huis terugkeren of gemachtigden benoemen om hun rechten te kunnen laten gelden. Voor die tijd kon er niets verkocht worden.

De kortstondige verlichting van die doolhof, waarin ze al sinds bijna twee jaar verdwaald was, slaagde er deze keer niet in de weduwe van Montiel aan het wankelen te brengen.

'Dat geeft niet,' hield ze vol. 'Mijn kinderen voelen zich gelukkig in Europa en hebben niets te maken in dit land van wilden, zoals ze het noemen. Als u wilt, mijnheer Carmichael, dan moogt u alles wat u in dit huis vindt bij elkaar pakken en voor de varkens gooien.'

De heer Carmichael sprak haar niet tegen. Met het voorwendsel dat hij toch in elk geval het een en ander voor de reis in orde moest maken, ging hij op zoek naar de dokter.

'En nu gaan we eens zien, Guardiola, wat die vaderlandsliefde van jou inhoudt.'

De kapper en het groepje mannen dat in de kapsalon stond te praten herkenden de burgemeester al voordat ze hem in de deuropening zagen. 'En ook die van jullie,' vervolgde hij, op de twee jongsten wijzend. 'Vanavond krijgen jullie het geweer waar jullie zo naar verlangd hebben, dan zullen we eens zien of jullie de euvele moed hebben om het tegen ons te richten.' Het was onmogelijk zich door de hartelijke toon waarop hij die woorden uitsprak van de wijs te laten brengen.

'Een bezem is beter,' antwoordde de kapper. 'Om op heksen te jagen bestaat er geen beter geweer dan een bezem.'

Hij keek zelfs niet naar hem. Hij was bezig de nek van de eerste morgenklant uit te scheren en nam de burgemeester niet serieus. Pas toen hij zag dat hij bezig was uit te vinden wie van de groep reservisten waren en dus in staat met een geweer om te gaan, begreep de kapper dat hij inderdaad een van de uitgekozenen was.

'Is het waar, luitenant, dat u ons met dat zaakje op gaat knappen?' vroeg hij.

'Wel verdomme,' antwoordde de burgemeester. 'Hun hele leven smoezen ze dat ze zo graag een geweer willen hebben en nu ze er een krijgen kunnen ze het niet geloven.'

Hij bleef achter de kapper staan, vanwaar hij in de spiegel het hele groepje kon domineren. 'In ernst,' zei hij, en hij sloeg een autoritaire toon aan. 'Vanmiddag om zes uur melden de reservisten van de eerste lichting zich op het politiebureau.' De kapper keek hem in de spiegel aan.

'En als ik longontsteking oploop?' vroeg hij.

'Dan zullen we je in de gevangenis verplegen,' antwoordde de burgemeester.

De grammofoon van de biljartzaal draaide een sentimentele bolero af. De zaal was leeg, maar op sommige tafeltjes stonden nog halfleeggedronken flessen en glazen.

'Ja nu,' zei don Roque toen hij de burgemeester zag binnenkomen, 'nu wordt het pas goed rot. Ik moet om zeven uur al sluiten.'

De burgemeester liep regelrecht door naar het achterstuk van de zaal, waar ook de kaarttafeltjes leeg waren. Hij opende de deur van het urinoir, wierp een blik in het rommelhok en keerde toen weer naar de bar terug. Terwijl hij langs het biljart liep, lichtte hij onverwachts het laken waarmee het bedekt was op en zei:

'Juist, en hou nou op met dat laffe gedoe.'

Twee jongens kropen onder het biljart uit, het stof van hun broek kloppend. Een van hen was bleek. De andere, die jonger was, had vuurrode oren. De burgemeester duwde hen zachtjes naar de tafeltjes bij de ingang.

'Dus jullie weten het al,' zei hij, 'om zes uur vanmiddag op het politiebureau.'

Don Roque keek vanachter de bar toe. 'Met dat gedoe,' zei hij, 'zal ik nog moeten gaan smokkelen.'

'Het is maar voor twee of drie dagen,' zei de burgemeester.

De eigenaar van de bioscoop haalde hem op de hoek in.

'Dat ontbrak er nog net aan,' schreeuwde hij. 'Eerst die twaalf klokslagen en nu nog een klaroenstoot.' De burgemeester sloeg hem op de schouder en wilde hem passeren.

'Ik zal u onteigenen,' zei hij.

'Dat kunt u niet,' antwoordde de eigenaar. 'De bioskoop is geen openbare dienst.'

'Tijdens de staat van beleg,' zei de burgemeester, 'kan zelfs de bioskoop tot openbare dienst verklaard worden.'

Pas op dat moment glimlachte hij niet meer. Hij sprong met twee treden tegelijk de trap van het politiebureau op en toen hij op de eerste verdieping kwam spreidde hij zijn armen uit en lachte opnieuw.

'Godbetert!' riep hij. 'U ook al?'

In ineengezakte houding in een ligstoel, met de nonchalance van een oosters monarch, lag daar de direkteur van het circus. Hij rookte vol verrukking uit een pijpje zoals oude zeerotten ze gebruiken. Alsof hij in zijn eigen huis was, wenkte hij de burgemeester te gaan zitten.

'We gaan eens over zaken praten, luitenant.'

De burgemeester schoof een stoel bij en ging tegenover hem zitten. De pijp met zijn hand vol veelkleurige stenen ondersteunend, maakte de direkteur een raadselachtig teken.

'Kan ik absoluut openhartig spreken?'

De burgemeester wenkte hem van ja.

'Dat wist ik ook wel van toen ik u zich zag scheren,' zei de circusdirekteur. 'Enfin, het zit zo: ik, die gewend ben met mensen om te gaan, ik weet dat die avondklok voor u...'

De burgemeester bekeek hem met het vaste voornemen zich kostelijk te amuseren.

'...maar voor mij daarentegen, die reeds al de onkosten van het opzetten gehad heb en zeventien mensen en negen roofdieren te eten moet geven, voor mij is het gewoon een ramp.'

'Ja en?'

'Ik stel voor,' antwoordde de direkteur, 'dat u de avondklok op elf uur stelt en dat we dan de winst van de avondvoorstelling samen delen.'

De burgemeester bleef glimlachen zonder van houding te veranderen.

'Het zal u,' zei hij, 'zeker wel niet veel moeite gekost hebben om in het dorp iemand te vinden die u vertelde dat ik een dief ben.'

'Het is een wettige zaak,' protesteerde de direkteur.

Het drong niet tot hem door dat er op dat ogenblik een ernstige uitdrukking op het gezicht van de burgemeester kwam.

'Maandag spreken we verder,' zei de luitenant op vage toon.

'Maandag zit ik al tot over mijn oren in de schuld,' antwoordde de direkteur. 'We zijn erg arm.'

De burgemeester bracht hem met kleine schouderklopjes naar de trap. 'Dat hoeft u mij niet te vertellen,' zei hij. 'Ik ken de zaken.' Toen ze al bij de trap waren zei hij als bij wijze van troost:

'Stuur me vanavond Cassandra maar.'

De direkteur probeerde zich om te draaien, maar de hand op zijn schouder oefende een zeer vastbesloten druk uit.

'Natuurlijk,' zei hij. 'Dat spreekt vanzelf.'

'Stuur me haar,' drong de burgemeester aan, 'dan praten we er morgen over.'

De heer Benjamín duwde met zijn vingertoppen de getraliede deur open maar ging het huis niet binnen. Hij riep met een verborgen ergernis:

'De ramen, Nora.'

Nora de Jacob—rijp en groot—met kortgeknipte haren als een man, lag in de schemerige kamer voor de elektrische ventilator. Ze verwachtte de heer Benjamín voor de lunch. Toen ze hem hoorde roepen richtte ze zich moeizaam op en opende de vier ramen aan de straatzijde. Een stroom van hitte drong de kamer binnen waarvan de vloer bedekt was met tegels die allemaal dezelfde hoekige pauw voorstelden, tot in het oneindige herhaald, en bezet met meubels die met een gebloemde stof bekleed waren. In ieder detail viel een armoedige luxe waar te nemen.

'Wat is er waar,' vroeg ze, 'van wat de mensen zeggen?'

'Ze zeggen zoveel.'

'Over de weduwe van Montiel,' verduidelijkte Nora de Jacob. 'Ze zeggen dat ze gek geworden is.'

'Ik voor mij geloof dat ze al lang gek is,' zei de heer Benjamín. En hij voegde er met een zekere teleurstelling aan toe: 'Het zit zo: vanmorgen heeft ze geprobeerd van het balkon te springen.'

De tafel, die vanaf de straat in zijn geheel zichtbaar was, was aan ieder uiteinde met een kompleet servies gedekt. 'De straf Gods,' zei Nora de Jacob terwijl ze in haar handen klapte als teken dat de lunch opgediend kon worden. Ze bracht de elektrische ventilator naar de eetkamer.

'Het huis is vanaf vanmorgen vol mensen,' zei de heer Benjamín.

'Mooie gelegenheid om het eens van binnen te bekijken,' antwoordde Nora de Jacob.

Een klein negermeisje met haar hoofd vol kleurige strikken bracht de kokendhete soep op tafel. Een geur van kip vulde de eetkamer en de temperatuur werd ondraaglijk. De heer Benjamín knoopte zijn servet om zijn hals en zei: 'Gezondheid.' Hij probeerde van de gloeiende lepel te eten.

'Blaas maar en doe niet zo dwaas,' zei ze ongeduldig. 'Bovendien moet je je jasje uittrekken. Door die skrupules van jou om niet het huis in te willen gaan als de ramen dicht zijn sterven we nog eens van de hitte.'

'Nu is het meer noodzakelijk dan ooit,' zei hij. 'Niemand zal kunnen zeggen dat hij niet vanaf de straat al mijn bewegingen gezien heeft als ik in jouw huis ben.'

Zij toonde haar schitterende orthopedische glimlach met een tandvlees als lak om dokumenten te zegelen. 'Doe niet zo belachelijk,' riep ze. 'Wat mij betreft mogen ze zeggen wat ze willen.' Toen de soep te eten was, bleef ze nog praten, tussen de happen door:

'Ik zou me wel druk kunnen maken om wat ze van Mónica zeggen, dat wel ja,' besloot ze, en ze bedoelde haar vijftienjarige dochter die sinds ze voor het eerst naar school was gegaan niet meer met vakantie gekomen was. 'Maar van mij kunnen ze niet meer zeggen dan wat iedereen al weet.'

De heer Benjamín richtte deze keer niet zijn gebruikelijke afkeurende blik op haar. Zwijgend aten ze de soep verder, van elkaar gescheiden door de twee meter van de tafel, de kortste afstand die hij zichzelf ooit toe had willen staan, vooral in het openbaar. Toen zij, twintig jaar geleden, op school was, schreef hij haar lange konventionele brieven die zij met hartstochtelijke briefjes beantwoordde. Tijdens een van de vakanties, toen ze een wandeling over het land maakten, sleepte Néstor Jacob, die stomdronken was, haar bij haar haren naar het verste punt van het erf en verklaarde haar zonder mogelijkheid tot alternatieven zijn liefde: 'Als je niet met me trouwt schiet ik je dood.' Ze trouwden aan het eind van de vakantie. Tien jaar later waren ze van tafel en bed gescheiden.

'Hoe dan ook,' zei de heer Benjamín, 'het is niet nodig om door gesloten deuren de verbeelding van de mensen te prikkelen.'

Toen hij de koffie op had stond hij op. 'Ik ga,' zei hij. 'Mina zal wel wanhopig zijn.' In de deur, terwijl hij zijn hoed opzette, riep hij:

'Dit huis is gloeiend.'

'Dat zei ik je toch al,' zei ze.

Ze wachtte tot ze hem vanuit het laatste raam met een soort zegenend gebaar afscheid zag nemen. Hierna bracht ze de ventilator naar de slaapkamer, sloot de deur en kleedde zich geheel naakt uit. Tenslotte ging ze, als iedere dag na de lunch, naar de aangrenzende badkamer en ging op het closet zitten, alleen met haar geheim.

Viermaal per dag zag ze Néstor Jacob langs het huis gaan. Iedereen wist dat hij met een andere vrouw leefde, dat hij vier kinderen bij haar had en dat hij als een voorbeeldig vader beschouwd werd. Verscheidene malen gedurende de laatste jaren was hij met de kinderen langs het huis gelopen, maar nooit met de vrouw. Zij had hem mager zien worden, oud en bleek, ze had hem zien veranderen in een vreemde wiens intimiteit van vroeger jaren nu onbegrijpelijk was geworden. Soms, tijdens haar eenzame siësta's, was ze opnieuw en dringend naar hem gaan verlangen: niet zoals ze hem langs haar huis zag gaan, maar zoals hij was in de tijd die aan de geboorte van Mónica voorafging, toen zijn korte, konventionele liefde hem onverdraaglijk gemaakt had.

Rechter Arcadio sliep tot twaalf uur in de morgen en hoorde dus pas van de verordening toen hij op zijn kantoor kwam. Zijn sekretaris daarentegen was om acht uur al geschrokken, toen de burgemeester hem vroeg het dekreet op te stellen.

'Hoe dan ook,' merkte rechter Arcadio op nadat hij zich van de details op de hoogte had laten brengen, 'het is wel in drastische termen gesteld. Dat was nu ook weer niet nodig.'

'Het is hetzelfde dekreet als altijd.'

'Dat is waar,' gaf de rechter toe. 'Maar alles is nu anders geworden, en dan moeten ook de bewoordingen veranderen. De mensen zullen wel geschrokken zijn.'

Maar, zoals hij later merkte toen hij in de biljartzaal zat te kaarten, de angst was niet het overheersende gevoel. Er was meer een soort gewaarwording van kollektieve triomf, doordat nu officieel bevestigd was wat allen al lang dachten: dat er niets veranderd was. Rechter Arcadio kon de burgemeester niet ontlopen toen hij de biljartzaal verliet.

'Zo, dus die schotschriften waren niet de moeite waard, hè,' zei hij. 'De mensen zijn zo gelukkig.'

De burgemeester nam hem bij de arm. 'We doen niets tegen de mensen,' zei hij. 'Het is gewoon een routinekwestie.' Rechter Arcadio werd helemaal wanhopig van die wandelende gesprekken. De burgemeester liep met vastberaden stap, alsof hij ergens dringend heen moest, en nadat hij een hele tijd gelopen had, merkte hij dat hij eigenlijk nergens heen ging.

'Dit zal niet het hele leven duren,' vervolgde hij. 'Vóór zondag zullen we die grappenmaker van de papiertjes in zijn kooi hebben. Ik weet niet waarom maar ik heb zo'n idee dat het een vrouw is.'

Rechter Arcadio meende van niet. Ondanks de achteloosheid waarmee hij de inlichtingen van zijn sekretaris opnam, was hij tot een algemene konklusie gekomen: de schotschriften waren niet het werk van één enkele persoon. Ze schenen niet aan een vast plan te gehoorzamen. In de afgelopen dagen waren er enkele geweest die een nieuwe uitdrukkingsmethode gebruikten: het waren tekeningen.

'Het kan best dat het geen man en geen vrouw is,' besloot rechter Arcadio. 'Het kunnen best verschillende mannen en verschillende vrouwen zijn, die elk voor eigen rekening handelen.'

'Nu moet u me de zaak niet nog ingewikkelder maken, rechter,' zei de burgemeester. 'U moest toch weten dat er in ieder misdrijf, ook al zijn er veel personen bij betrokken, altijd maar één schuldige is.'

'Dat zei Aristoteles, luitenant,' antwoordde rechter Arcadio. En hij voegde er met overtuiging aan toe: 'Hoe dan ook, de maatregel lijkt me ongerijmd. Diegenen die de schotschriften aanplakken zullen eenvoudig wachten tot de avondklok voorbij is.'

'Dat doet er niet toe,' zei de burgemeester, 'uiteindelijk moeten we toch het principe van het gezag handhaven.'

De rekruten begonnen in het politiebureau bijeen te komen. De kleine binnenplaats met de hoge betonnen muren, roodgemarmerd door opgedroogd bloed en vol kogelgaten, herin-

123

nerde nog aan de tijden toen de kapaciteit van de cellen niet voldoende was en de gevangenen aan weer en wind werden blootgesteld. Die middag zwierven de agenten zonder wapens en in hun onderbroek door de gangen.

'Rovira,' schreeuwde de burgemeester in de deur. 'Breng die jongens wat te drinken.'

De agent begon zich aan te kleden.

'Rum?' vroeg hij.

'Doe niet zo stom,' schreeuwde de burgemeester, op weg naar zijn geblindeerde kantoor. 'Iets kouds.'

De rekruten zaten rondom de binnenplaats te roken. Rechter Arcadio keek vanaf de balustrade van de tweede verdieping op hen neer.

'Zijn het vrijwilligers?'

'Het idee,' zei de burgemeester. 'Ik moest ze onder de bedden vandaan slepen alsof ze in dienst moesten.'

De rechter zag geen enkel onbekend gezicht.

'Het lijken wel rekruten voor de oppositie,' zei hij.

De zware stalen deuren van het kantoor gaven toen ze opengingen een ijskoude adem af.

'Dat wil zeggen dat ze goed zijn om te vechten,' glimlachte de burgemeester, nadat hij de lichten in zijn privé-fort had aangestoken. Bij de verste muur stond een veldbed, een glazen waterkan met een glas op een stoel, en onder het veldbed een waskom. Tegen de kale betonnen wanden stonden geweren en machinepistolen. Het vertrek kreeg zijn enige ventilatie door de smalle, hoge raampjes vanwaar men de haven en de twee hoofdstraten kon overzien. Aan het andere einde van de kamer stond het schrijfbureau en ernaast de brandkast.

De burgemeester draaide het cijferslot open.

'En dat is nog niets,' zei hij, 'ik ga ze allemaal een geweer geven.'

Achter hen kwam de agent binnen. De burgemeester gaf hem verscheidene bankbiljetten en zei: 'Breng ook voor elk twee pakjes sigaretten mee.' Toen ze weer alleen waren, richtte hij zich opnieuw tot rechter Arcadio:

'Wat denkt u er nu van?'

De rechter antwoordde peinzend:

'Een nutteloos risico.'

'De mensen zullen met open monden toekijken,' zei de burgemeester. 'Bovendien heb ik zo'n idee dat die arme jongens niet eens weten wat ze met die geweren moeten doen.'

'Misschien zijn ze wat in de war,' gaf de rechter toe, 'maar zoiets duurt niet lang.'

Hij deed een poging het holle gevoel in zijn maag te onderdrukken. 'Pas maar op, luitenant,' merkte hij op. 'Pas op dat niet alles verloren gaat.'

De burgemeester nam hem met een raadselachtig gebaar mee het kantoor uit.

'Wees maar niet bang, rechter,' fluisterde hij hem in zijn oor. 'Ze krijgen alleen losse flodders.'

Toen ze de trap afliepen naar de binnenplaats brandden de lichten al. De rekruten zaten limonade te drinken onder de smerige elektrische peertjes waar de bromvliegen tegenaan vlogen. Terwijl hij over de binnenplaats heen en weer liep, waar nog enkele kuilen vol regenwater waren, legde de burgemeester hun op vaderlijke toon uit waaruit de missie van die nacht zou bestaan: ze zouden in paren op de voornaamste straathoeken opgesteld worden met het bevel te schieten op iedere persoon, man of vrouw, die geen gehoor gaf aan de drie sommaties om te blijven staan. Hij beval hen aan moedig en voorzichtig te zijn. Na middernacht zou hij hen eten brengen. De burgemeester hoopte dat, met Gods goedgunstigheid, alles zonder moeilijkheden verlopen zou, en dat het volk dit blijk van officieel vertrouwen op prijs zou weten te stellen.

Pater Angel stond van tafel op toen de torenklok acht uur begon te slaan. Hij draaide het licht in de patio uit, schoof de grendel voor de deur en sloeg een kruis boven het gebedenboek: 'In de naam van God.' Op een binnenplaats in de verte zong een roerdomp. De weduwe van Asis, die in de koelte van de galerij sliep, naast de met donkere doeken overdekte vogelkooien, hoorde de tweede klokslag en vroeg, zonder haar ogen te openen: 'Is Robert al binnen?' Een dienstmeisje dat tegen de deur ineengedoken zat antwoordde dat hij al om zeven uur naar bed was gegaan. Even tevoren had Nora de Jacob haar radio wat zachter gezet en genoot verrukt van een tere muziek die uit een gezellige, keurig nette gelegenheid scheen te komen. Een stem die al te ver was om echt te lijken, riep ergens een naam, en de honden begonnen te blaffen.

De tandarts was nog niet klaar met het luisteren naar de nieuwsberichten. Hij herinnerde zich dat Angela onder het lampje van de patio een kruiswoordraadsel zat op te lossen en hij beval haar, zonder haar aan te kijken: 'Doe de poort op slot en kom dat in de kamer afmaken.' Zijn vrouw schrok wakker.

Roberto Asis, die inderdaad om zeven uur naar bed was gegaan, stond op om door het op een kier geopende raam naar het plein te kijken, en zag niets anders dan de donkere amandelbomen en het laatste licht dat uitging op het balkon van de weduwe van Montiel. Zijn vrouw stak het nachtlichtje aan en dwong hem met een onderdrukt gefluister weer te gaan liggen. Een eenzame hond bleef blaffen tot na de vijfde klokslag.

In de hete rommelkamer, propvol lege blikjes en stoffige flacons, lag don Lalo Moscote te snurken met de krant over zijn onderbuik gevouwen en zijn bril op zijn voorhoofd. Zijn verlamde echtgenote, huiverend bij de herinnering aan andere avonden die net als deze waren, verjoeg muskieten met een oude doek terwijl ze in gedachten de klokslagen meetelde. Na de verre kreten, het geblaf van de honden en het heimelijke hollen begon de stilte.

'Let er goed op dat er koralijn is,' beval dokter Giraldo zijn echtgenote aan, die bezig was voordat ze naar bed ging de hoogstnoodzakelijke kruiden in het koffertje te stoppen. Beiden dachten aan de weduwe van Montiel, die na de laatste dosis luminal stijf als een dode sliep.

Alleen don Sabas had, na een langdurig gesprek met de heer Carmichael, alle gevoel voor tijd verloren. Hij was nog in zijn kantoor bezig het ontbijt van de volgende dag te wegen toen de zevende klokslag klonk en zijn vrouw met verwarde haren uit de slaapkamer kwam.

De stroom hield stil. 'Op een avond als deze,' mompelde iemand in het donker, op hetzelfde ogenblik waarop de achtste slag weerklonk, diep, onherroepelijk, en iets dat vijftien sekonden eerder was begonnen te knetteren stierf nu geheel weg.

Dokter Giraldo sloot het boek tot de klanken van de avondklok niet meer te horen waren. Zijn echtgenote zette het koffertje op het nachtkastje, ging met haar gezicht naar de muur liggen en draaide haar lamp uit. De dokter opende het boek weer maar las niet. Beiden haalden langzaam adem, alleen in een dorp dat de ontzagwekkende stilte tot de afmetingen van hun slaapkamer had teruggebracht.

'Waar denk je aan?'

'Nergens aan,' antwoordde de dokter.

Hij koncentreerde zich pas weer om elf uur, toen hij weer op dezelfde bladzijde begon waar hij was toen het acht uur begon te slaan. Hij vouwde de hoek van de pagina om en legde het boek op het nachtkastje. Zijn vrouw sliep. In andere tijden lagen beiden wakker tot de dageraad, probeerden de plaats en de omstandigheden van de schoten op te sporen. Verscheidene malen kwam het lawaai van de laarzen en de wapens tot aan de deur van hun huis en beiden wachtten, rechtop in bed zittend, de hagel van lood af die de deur aan splinters zou schieten. Gedurende vele nachten, toen ze de eindeloos vele schakeringen van de terreur al hadden leren onderscheiden, waakten ze met hun hoofd op een kussen geleund dat volgepropt zat met klandestiene pamfletten die nog verspreid moesten worden. Op een morgen heel vroeg hoorden ze voor de deur van de spreekkamer dezelfde heimelijke voorbereidingen die aan een serenade voorafgaan, en vervolgens de vermoeide stem van de burgemeester: 'Nee daar niet. Die bemoeit zich nergens mee.' Dokter Giraldo draaide de lamp uit en probeerde te slapen.

De regen begon na middernacht. De kapper en nog een rekruut, die op de hoek van de haven opgesteld waren, verlieten hun post en schuilden onder de lage dakrand van de winkel van de heer Benjamín. De kapper nam een sigaret en bekeek het geweer bij het licht van de lucifer. Het wapen was nieuw.

'*Made in U.S.A.*,' zei hij.

Zijn makker streek een paar lucifers af om het merk van zijn karabijn te zoeken, maar hij kon het niet vinden. Een druppel van de dakrand spatte met een hol geluid op de kolf van het wapen uiteen. 'Wat een gekke toestand,' mompelde hij terwijl hij de kolf met zijn mouw afdroogde. 'Wij hier, ieder met een geweer, en maar nat worden.' In het verduisterde dorp waren geen andere geluiden te horen dan dat van het water op de dakrand.

'We zijn met ons negenen,' zei de kapper. 'Zij zijn met hun zevenen, de burgemeester meegerekend, maar drie zitten er in het politiebureau opgesloten.'

'Ik dacht al een tijdje hetzelfde,' zei de ander.

De zaklantaarn van de burgemeester maakte hen plotseling zichtbaar, ineengedoken tegen de muur, trachtend de wapens te beschermen tegen de druppels die als hagel op hun schoenen uiteenspatten. Ze herkenden hem toen hij de zaklantaarn uitknipte en onder de dakrand kwam staan. Hij droeg een gevechtsregenjas en een machinepistool aan een draagriem. Een agent stond naast hem. Nadat hij op zijn horloge gekeken had, dat hij om zijn rechterpols droeg, beval hij de agent:

'Loop naar het politiebureau en kijk eens hoe het met de proviand staat.'

Met dezelfde energie zou hij een oorlogsbevel gegeven hebben. De agent verdween in de regen. Toen ging de burgemeester naast hen op de grond zitten.

'Nog rottigheden?' vroeg hij.

'Niets,' antwoordde de kapper.

De ander bood de burgemeester een sigaret aan alvorens de zijne op te steken. De burgemeester weigerde.

'Tot hoe lang bent u van plan ons vast te houden, luitenant?'

'Weet ik niet,' zei de burgemeester. 'Voorlopig tot de avondklok afgelopen is. Morgen zien we wel verder.'

'Tot vijf uur!' riep de kapper.

'Stel je voor,' zei de ander, 'ik ben al vanaf vanmorgen vier uur op.'

128

Een troep honden kwam door het geruis van de regen naar hen toe. De burgemeester wachtte tot het lawaai voorbij was en alleen nog maar een eenzaam blafje over was. Hij wendde zich met een neerslachtig gezicht tot de rekruut.

'Dat moet je mij vertellen, ik zit al mijn halve leven in die rotzooi,' zei hij. 'Ik val om van de slaap.'

'Voor niets,' zei de kapper. 'Er zit geen kop en geen staart aan. Het is echts iets van vrouwen.'

'Ik begin er hetzelfde van te denken,' zuchtte de burgemeester.

De agent kwam terug om hen in te lichten dat ze met het rondbrengen van het eten wachtten tot het droog werd. Hierna meldde hij nog iets: een vrouw, die zonder vrijgeleide betrapt was, zat in de kazerne op de burgemeester te wachten.

Het was Cassandra. Ze lag in het door het lugubere peertje van het balkon verlichte kamertje in een ligstoel te slapen, toegedekt met een zeildoeken cape. De burgemeester kneep met wijsvinger en duim in haar neus. Ze kreunde even, haar lichaam schokte in een begin van wanhoop en toen opende ze haar ogen.

'Ik droomde,' zei ze.

De burgemeester stak het licht op. De vrouw hield beschermend haar handen voor haar ogen, draaide zich klaaglijk om en hij onderging een ogenblik de kwelling van haar zilverkleurige nagels en haar geschoren oksel.

'Jij bent ook een mooie,' zei ze. 'Ik ben hier al vanaf elf uur.'

'Ik verwachtte je in mijn kamer,' verontschuldigde de burgemeester zich.

'Ik had geen vrijgeleide.'

Haar haren, twee nachten tevoren nog koperachtig van kleur, waren nu zilvergrijs. 'Ik was het vergeten,' glimlachte de burgemeester, en nadat hij zijn regenjas had opgehangen, ging hij op een stoel naast haar zitten. 'Ik hoop niet dat ze dachten dat jij degene was die die papiertjes opplakt.'

De vrouw had haar vlotte houding weer teruggevonden.

'Was het maar waar,' antwoordde ze. 'Ik ben dol op hevige emoties.'

Plotseling leek de burgemeester een vreemde in het vertrek. Met iets weerloos in zijn gezicht, terwijl hij de gewrichten van zijn vingers liet knakken, mompelde hij: 'Je moet me een dienst bewijzen.' Ze keek hem onderzoekend aan.

'Maar het blijft tussen ons,' vervolgde de burgemeester. 'Ik wil dat je me de kaart legt om te kijken of we erachter kunnen komen wie de dader van dat gedoe is.'

Ze draaide haar gezicht naar de andere kant. 'Ik begrijp het,' zei ze na een korte stilte.

De burgemeester drong aan: 'Ik doe het immers vooral voor jullie.'

Ze knikte.

'Ik heb het al gedaan,' zei ze.

De burgemeester kon met geen mogelijkheid zijn spanning verbergen. 'Het is iets heel geks,' vervolgde Cassandra met een berekende melodramatiek. 'De tekenen waren zo duidelijk dat ik er gewoon bang van werd toen ik ze op de tafel voor me zag liggen.' Zelfs haar ademhaling was nu op effekt berekend.

'Wie is het?'

'Het is het hele dorp en het is niemand.'

De zonen van de weduwe van Asis kwamen die zondag naar de mis. Ze waren met hun zevenen, plus Roberto Asis. Allemaal in dezelfde vorm gegoten: korpulent en grofgebouwd, met de koppige wil van een muildier voor zwaar werk, en tegenover hun moeder volgzaam met een blinde gehoorzaamheid. Roberto Asis, de jongste en de enige getrouwde, had met zijn broers niet meer gemeen dan een knoest in het neusbeen. Met zijn zwakke gezondheid en zijn konventionele manieren was hij een soort troostprijs voor de dochter die de weduwe van Asis tenslotte maar niet meer verwachtte.

In de keuken waar de zeven Asis de beesten afgeladen hadden, liep de weduwe tussen rijen kippen met vastgebonden poten, groenten en kazen, donkere suikerbroden en hompen gezouten vlees door om instrukties aan de vrouwelijke bedienden te geven. Toen alles uit de keuken verdwenen was, gaf ze bevel het beste van elk voor pater Angel uit te zoeken.

De pastoor stond zich te scheren. Zo nu en dan strekte hij zijn hand naar de patio om zijn kin nat te maken met regen. Hij was bijna klaar toen twee kleine meisjes op blote voeten zonder kloppen de deur openduwden en verscheidene rijpe ananassen, bijna rijpe bananen, suikerbroden, kaas en een grote mand vol groenten en verse eieren voor zijn voeten zetten.

Pater Angel knipoogde naar hen. 'Dit lijkt,' zei hij, 'de droom van oom konijn wel.' Het kleinste van de meisjes, die haar ogen heel wijd geopend had, wees naar hem:

'Paters scheren zich ook!'

Het andere meisje trok haar mee naar de deur. 'Wat dacht je dan?' glimlachte de pastoor, en hij voegde er ernstig aan toe: 'Wij zijn ook mensen.' Daarna bekeek hij de over de vloer verspreide levensmiddelen en begreep dat alleen het huis van Asis tot zo'n overvloed in staat was.

'Zeg maar tegen de jongens,' schreeuwde hij bijna, 'dat God het hun in gezondheid terug zal geven.'

Pater Angel, die in zijn veertigjarig priesterschap nog niet geleerd had de ongerustheid die aan plechtige handelingen

131

voorafging te overwinnen, borg zijn scheergerei op zonder zich af te scheren. Hierna raapte hij de levensmiddelen op, borg ze onder de plank met waterkruiken en ging de sakristie binnen terwijl hij zijn handen aan zijn soutane afveegde.

De kerk was vol. In twee banken dichtbij de preekstoel, door henzelf geschonken en met hun namen op koperen plaatjes gegraveerd, zaten de Asis met de moeder en de schoonzuster. Toen ze de kerk betraden, voor het eerst sinds maanden gezamenlijk, leek het wel of ze te paard binnenkwamen. Cristóbal Asis, de oudste, die een half uur tevoren van de veefokkerij gekomen was en geen tijd had gehad zich te scheren, had zijn rijlaarzen met de sporen nog aan. Als je die reusachtige bergbewoner zag, leek het publieke en nooit bevestigde gerucht, dat César Montero een geheime zoon van de oude Adalberto Asis was, waar te zijn.

In de sakristie wachtte pater Angel een kleine moeilijkheid: het liturgische priestergewaad lag niet op zijn plaats. Het koorknaapje trof hem geheel ontsteld aan, bezig alle laden overhoop te halen terwijl hij een duister twistgesprek met zichzelf hield.

'Roep Trinidad,' beval de pater, 'en vraag haar waar ze de stool gelaten heeft.'

Hij vergat dat Trinidad al vanaf zaterdag ziek was. Ze zal, dacht de koorknaap, wel het een en ander meegenomen hebben om te verstellen. Pater Angel trok toen het gewaad maar aan dat voor sterfdiensten bestemd was. Hij slaagde er niet in zich te koncentreren. Toen hij de preekstoel beklom, ongeduldig en nog met hortende adem, begreep hij dat de argumenten die hij de afgelopen dagen had laten rijpen nu niet zoveel overtuigingskracht zouden hebben als in de eenzaamheid van zijn kamer.

Hij sprak tien minuten. Struikelend over zijn woorden, overvallen door een horde van gedachten die niet in de daarvoor bestemde vormen pasten, zag hij de weduwe van Asis, omringd door haar zonen. Het was alsof hij hen eeuwen later herkend had op een onduidelijke familiefoto. Alleen Rebeca de Asis, die haar prachtige boezem koesterde met de sandelhouten waaier, kwam hem menselijk en van de tegenwoordige tijd voor. Pater Angel maakte een einde aan zijn preek zonder op direkte wijze op de schotschriften te zinspelen.

De weduwe van Asis bleef gedurende enkele minuten stokstijf zitten, met een verborgen ergernis haar trouwring van en aan haar vinger schuivend, terwijl de mis verder ging. Toen bekruiste ze zich, stond op en verliet de kerk via het middenschip, op luidruchtige wijze gevolgd door haar zonen.

Op een morgen als deze had dokter Giraldo het inwendig mechanisme van de zelfmoord begrepen. Het motregende geluidloos, in het belendende huis zong de wielewaal en zijn vrouw praatte terwijl hij zijn tanden poetste.

'Zondagen zijn vreemd,' zei ze terwijl ze de tafel dekte voor het ontbijt. 'Het is net of ze gevierendeeld opgehangen worden: ze ruiken naar pasgeslachte dieren.'

De dokter plaatste een mesje in het scheerapparaatje en begon zich te scheren. Zijn ogen waren vochtig en zijn oogleden gezwollen. 'Je slaapt slecht,' zei zijn vrouw. En ze voegde er met een zachte bitterheid aan toe: 'Op de een of andere zondag word je wakker als een oud man.' Ze droeg een versleten ochtendjas en haar hoofd zat vol met papillotjes.

'Doe me een plezier,' zei hij, 'hou je mond.'

Ze liep naar de keuken, zette de koffiepot op het vuur en wachtte tot het kookte, eerst luisterend naar het fluiten van de wielewaal en een ogenblik later naar het geruis van de douche. Hierna liep ze naar de slaapkamer opdat haar man zijn goed klaar zou vinden zodra hij uit de badkamer kwam. Toen ze het ontbijt op tafel bracht, zag ze dat hij klaar was om uit te gaan, en hij leek haar een beetje jonger met zijn kakibroek en sporthemd.

Ze ontbeten zwijgend. Toen ze bijna klaar waren, keek hij haar onderzoekend aan met een liefderijke aandacht. Zij dronk haar koffie met gebogen hoofd, nog bevend van boosheid.

'Het komt door de lever,' verontschuldigde hij zich.

'Voor hoogmoed bestaat geen verontschuldiging,' antwoordde ze zonder op te kijken.

'Ik schijn een vergiftiging te hebben,' zei hij. 'Met die regen raakt de lever verstopt.'

'Jij zegt altijd hetzelfde,' antwoordde ze, 'maar je doet nooit iets. Als je niet oppast,' voegde ze eraan toe, 'zul je jezelf nog op moeten geven.'

Hij scheen haar te geloven. 'In december,' zei hij, 'gaan we twee weken naar zee.' Hij keek naar de regen door de ruitvormige openingen van het houten traliehek dat de eetkamer van de door het aanhoudende oktoberweer triest geworden patio scheidde, en voegde eraan toe: 'Dan zullen er, althans voor vier maanden, niet meer zulke zondagen als deze komen.'

Ze stapelde de borden op elkaar voordat ze ze naar de keuken bracht. Toen ze terugkwam, zag ze hem met zijn hoed van gevlochten palmriet al op, bezig het koffertje klaar te maken.

'Dus de weduwe van Asis is de kerk weer uitgegaan,' zei hij.

Zijn vrouw had het hem verteld voordat hij zijn tanden begon te poetsen, maar hij had er geen aandacht aan besteed.

'Dat is ongeveer de derde keer dit jaar,' bevestigde ze. 'Zo te zien hebben ze niets beters om zich mee te amuseren.'

De dokter ontblootte zijn sterke gebit. 'De rijken zijn gek.'

Enkele vrouwen, die uit de kerk terugkwamen, waren bij de weduwe van Montiel op bezoek gegaan. De dokter groette het groepje dat in de salon zat. Een fluisterend gelach achtervolgde hem tot op het trapportaal. Voordat hij op de deur klopte, merkte hij dat er in de slaapkamer nog meer vrouwen waren. Iemand zei hem binnen te komen.

De weduwe van Montiel zat rechtop, met losse haren, en met haar handen hield ze de rand van het laken tegen haar borst. In haar schoot lagen een spiegeltje en een hoornen kam.

'Zo, dus u hebt ook al besloten om naar het feest te gaan,' zei de dokter.

'Ze viert al vijftien jaar lang feest,' zei een van de vrouwen.

'Achttien jaar,' verbeterde de weduwe van Montiel met een trieste glimlach. Toen ze weer languit in het bed lag, bedekte ze zelfs haar hals. 'En natuurlijk,' voegde ze er goedgehumeurd aan toe, 'is er geen enkele man uitgenodigd. En u helemaal niet, dokter: u bent een slecht voorteken.'

De dokter legde zijn nat geworden hoed op de kommode. 'Daar doet u goed aan,' zei hij terwijl hij de zieke met een peinzend welgevallen bekeek. 'Ik merk net dat ik hier eigenlijk niets te doen heb.' Vervolgens wendde hij zich tot het groepje en verontschuldigde zich:

'Mag ik even?'

Toen hij alleen met haar was, nam de weduwe van Montiel opnieuw de bittere gelaatsuitdrukking van een zieke aan. Maar de dokter scheen het niet te merken. Hij bleef op dezelfde feestelijke toon doorpraten terwijl hij alles wat hij uit het koffertje haalde op het nachtkastje legde.

'Alstublieft, dokter,' smeekte de weduwe, 'geen injekties meer. Ik ben zo langzamerhand een zeef.'

'Injekties,' glimlachte de dokter, 'is het beste wat er ooit uitgevonden is om de dokters te voeden.'

Ook zij glimlachte.

'Geloof me,' zei ze, terwijl ze boven de lakens op haar billen tikte, 'dat alles daar is al helemaal beurs. Ik kan me zelfs niet meer aanraken.'

'Raak uzelf dan niet aan,' zei de dokter.

Toen glimlachte ze openlijk:

'Praat serieus, dokter, ook al is het zondag.'

De dokter ontblootte haar arm om haar bloeddruk op te nemen.

'Dat heeft de dokter me verboden,' zei hij. 'Het is slecht voor de lever.'

Terwijl hij haar bloeddruk opnam, keek de weduwe met een kinderlijke nieuwsgierigheid naar de wijzerplaat van de bloeddrukmeter. 'Dat is het gekste horloge dat ik ooit in mijn leven heb gezien,' zei ze. De dokter bleef zich op de wijzer koncentreren totdat hij de rubberpeer niet meer indrukte.

'Het is het enige dat precies het juiste uur aangeeft om op te staan,' zei hij.

Toen hij klaar was en terwijl hij de rubberslangen van de bloeddrukmeter oprolde, keek hij onderzoekend naar het gezicht van de zieke. Hij zette een flesje met witte pilletjes op het tafeltje en zei haar er om de twaalf uur een te nemen. 'Als

135

u geen injekties meer wilt,' zei hij, 'dan krijgt u ook geen injekties meer. U bent er beter aan toe dan ik.' De weduwe maakte een ongeduldig gebaar.

'Ik heb nooit iets gehad,' zei ze.

'Dat geloof ik graag,' antwoordde de dokter, 'maar we moesten toch iets verzinnen om de rekening te rechtvaardigen.'

De weduwe ontweek kommentaar en vroeg: 'Moet ik blijven liggen?'

'Integendeel,' zei de dokter, 'dat verbied ik u uitdrukkelijk. Ga naar beneden naar de salon en bemoei u met uw bezoek, zoals het hoort. Bovendien,' voegde hij er met een ondeugende stem aan toe, 'valt er heel wat te praten.'

'In godsnaam, dokter,' riep ze, 'wees toch niet zo'n kwaadspreker. U bent natuurlijk die man die de schotschriften aanplakt.'

Dokter Giraldo vond het een bijzonder aardig idee. Toen hij de kamer uitging wierp hij een vluchtige blik op de leren hutkoffer met de koperen spijkertjes, die in een hoek van de slaapkamer klaargezet was voor de reis. 'En breng iets voor me mee,' riep hij, al in de deur, 'als u van uw reis om de wereld terugkomt.' De weduwe was opnieuw met het geduldwerkje begonnen, haar haren te ontwarren.

'Dat spreekt vanzelf, dokter.'

Ze ging niet naar de salon. Ze bleef in bed tot het laatste bezoek weg was. Toen kleedde ze zich aan. De heer Carmichael trof haar aan terwijl ze voor de op een kier geopende balkondeuren zat te eten.

Ze beantwoordde zijn groet zonder haar blik van het balkon af te wenden. 'Eigenlijk,' zei zij, 'mag ik die vrouw wel: ze is moedig.' Ook de heer Carmichael keek naar het huis van de weduwe van Asis, waarvan de deuren en de ramen om elf uur niet opengegaan waren.

'Het ligt in haar aard,' zei hij. 'Met zo'n inborst als de hare, die alleen voor mannen gemaakt is, kun je niet anders zijn.' Hij richtte zijn aandacht op de weduwe van Montiel en voegde eraan toe: 'En u ziet er ook uit als een roos.'

Ze scheen zijn woorden te bevestigen door de frisheid van haar glimlach. 'Weet u?' vroeg ze. En tegenover de besluiteloosheid van de heer Carmichael verhaastte ze haar antwoord: 'Dokter Giraldo is ervan overtuigd dat ik gek ben.'

'Nee toch!'

De weduwe knikte. 'Het zou me niets verwonderen,' vervolgde ze, 'als hij al met u gesproken heeft over een goede manier om me naar het gekkenhuis te sturen.'

De heer Carmichael wist niet hoe hij zich uit zijn verwarring moest bevrijden.

'Ik ben de hele morgen niet uit huis gegaan,' zei hij.

Hij liet zich in de zachte fauteuil naast het bed vallen. De weduwe herinnerde zich José Montiel nog in die fauteuil, als door de bliksem getroffen door de beroerte, vijftien minuten voor hij stierf. 'In dit geval,' zei ze, die kwalijke herinnering van zich afschuddend, 'kan het zijn dat ik u vanmiddag laat roepen.' En ze ging met een stralende glimlach op iets anders over: 'Hebt u al met mijn vriend Sabas gesproken?'

De heer Carmichael knikte bevestigend.

Inderdaad, vrijdag en zaterdag had hij het peillood uitgeworpen in de peilloze diepte van don Sabas en geprobeerd er achter te komen hoe zijn reactie zou zijn als hij de nalatenschap van José Montiel ten verkoop zou aanbieden. Don Sabas —veronderstelde de heer Carmichael—scheen bereid om te kopen. De weduwe luisterde toe zonder tekenen van ongeduld te vertonen. Als het niet aanstaande woensdag was, dan zou het toch de woensdag van de volgende week zijn, gaf ze met een kalme vastbeslotenheid toe. In elk geval was ze van plan vóór eind oktober het dorp te verlaten.

De burgemeester trok met een bliksemsnelle beweging van zijn linkerhand de revolver. Alle spieren tot de laatste toe van zijn lichaam waren gereed om te schieten, toen hij helemaal wakker werd en rechter Arcadio herkende.

'Godverdomme!'

Rechter Arcadio bleef als versteend staan.

'Doe me dat niet meer aan,' zei de burgemeester terwijl hij

de revolver weer opborg. Hij ging opnieuw in de zeildoeken stoel liggen. 'Mijn gehoor werkt beter als ik slaap.'

'De deur stond open,' zei rechter Arcadio.

De burgemeester had, toen de morgen aanbrak, vergeten hem af te sluiten. Hij was zo moe dat hij zich in de stoel liet vallen en onmiddellijk insliep.

'Hoe laat is het?'

'Bijna twaalf uur,' zei rechter Arcadio. Er trilde nog iets na in zijn stem.

'Ik ben doodop,' zei de burgemeester.

Terwijl hij zich met een reusachtige geeuw omdraaide had hij het gevoel of de tijd stil was blijven staan. Ondanks zijn waakzaamheid, zijn doorwaakte nachten, bleven de schotschriften verschijnen. Diezelfde morgen nog had hij er een aan de deur van zijn slaapkamer gevonden: 'Verspil geen kruit aan stinkgieren, luitenant.' Op straat werd openlijk verteld dat de deelnemers aan de nachtelijke ronden zelf de schotschriften aanplakten als middel tegen de verveling van het lange waken. Het dorp, dacht de burgemeester, lachte zich dood.

'Kom, word wakker,' zei rechter Arcadio, 'dan gaan we een hapje eten.'

Maar hij had geen honger. Hij wilde nog een uur slapen en een bad nemen voor hij uitging. Rechter Arcadio daarentegen, fris en schoon, was op weg naar huis om te lunchen. Toen hij langs de slaapkamer kwam was hij, omdat de deur toch open stond, naar binnen gegaan om de burgemeester een vrijgeleide te vragen waarmee hij na de avondklok op straat kon komen.

De luitenant zei alleen maar: 'Nee.' En daarna, met een ernstig, vaderlijk gezicht, rechtvaardigde hij zijn weigering: 'Het is beter voor u rustig in huis te blijven.'

Rechter Arcadio stak een sigaret op. Hij bleef naar het vlammetje van de lucifer kijken tot zijn boosheid afnam, maar wist niets te zeggen.

'Neem het me niet kwalijk,' vervolgde de burgemeester. 'Geloof me, ik zou best met u willen ruilen, gewoon om acht uur 's avonds naar bed gaan en opstaan als ik er zin in heb.'

'Dat zal wel,' zei de rechter. En hij voegde er met nadrukkelijke ironie aan toe: 'Dat was het enige wat me nog ontbrak: met vijfendertig jaar een nieuwe vader.'

Hij had hem de rug toegekeerd en scheen vanaf het balkon naar de van regen zwangere hemel te staren. De burgemeester liet een zware stilte volgen. Daarna zei hij, op scherpe toon: 'Rechter.' Rechter Arcadio keerde zich om en zij keken elkaar in de ogen. 'Ik geef u dat vrijgeleide niet. Begrepen?'

De rechter beet op zijn sigaret en wilde iets zeggen, maar onderdrukte de opwelling. De burgemeester hoorde hem langzaam de trap afgaan. Plotseling boog hij zich over de leuning en schreeuwde:

'Rechter!'

Er kwam geen antwoord.

'Laten we vrienden blijven,' schreeuwde de burgemeester.

Ook deze keer kreeg hij geen antwoord.

Hij bleef over de trapleuning gebogen staan, wachtte op een reaktie van rechter Arcadio tot hij de deur dicht hoorde slaan en hij opnieuw alleen was met zijn herinneringen. Hij deed geen moeite om in te slapen. Hij was klaarwakker, midden op de dag, verzand in een dorp dat ondoorgrondelijk en vreemd voor hem bleef, zovele jaren nog nadat hij het lot van dat dorp in handen had genomen. Die morgen toen hij heimelijk en in alle vroegte aan land ging met een oude, met touwen dichtgebonden kartonnen koffer en het bevel het dorp tot elke prijs te onderwerpen, was hijzelf het die een gevoel van ontzetting onderging. Zijn enige houvast was een brief voor een obskure aanhanger van de regering die hij de volgende dag zou ontmoeten, in zijn onderbroek voor de deur van een rijstpellerij gezeten. Met behulp van diens aanwijzingen en van de onverzoenlijke aard van de drie betaalde moordenaars die hij bij zich had, had hij de taak kunnen vervullen. Maar deze middag, hoewel hij zich niet bewust was van het onzichtbare spinneweb dat de tijd om hem heen had geweven, was één kortstondige explosie van scherpzinnigheid voldoende geweest om zich af te vragen wie nu eigenlijk aan wie onderworpen was.

Met open ogen zat hij te dromen voor het door de regen gestriemde balkon, tot even na vieren. Toen nam hij een bad, trok zijn veldtenue aan en ging naar het hotel om te ontbijten. Wat later hield hij een routine-inspektie in het politiebureau, en plotseling bleef hij in een hoek staan met zijn handen in zijn zakken, zonder dat hij wist wat te doen.

De eigenaar van de biljartzaal zag hem tegen het vallen van de avond binnenkomen, nog altijd met zijn handen in zijn zakken. Hij begroette hem van achter uit de lege zaak, maar de burgemeester antwoordde niet.

'Een fles mineraalwater,' zei hij.

De flessen maakten een verschrikkelijk lawaai toen ze in de bak met ijs omgerold werden.

'Op de een of andere dag,' zei de eigenaar, 'moet u nog geopereerd worden, en dan zullen ze uw lever vol met luchtbelletjes vinden.'

De burgemeester keek naar het glas. Hij nam een slok, boerde, bleef met zijn ellebogen op de bar geleund en met zijn ogen strak op het glas gericht staan en boerde opnieuw. Het plein was geheel verlaten.

'Juist,' zei de burgemeester. 'Wat is er eigenlijk aan de hand?'

'Het is zondag,' zei de eigenaar.

'Aha!'

Hij gooide een muntje op de bar en ging zonder groeten weg. Op een hoek van het plein zei iemand, die liep alsof hij een reusachtige staart achter zich aan sleepte, iets tegen hem dat hij niet begreep. Even later pas reageerde hij. Vaag begreep hij dat er iets aan de hand was en hij begaf zich naar het politiebureau. Met grote stappen liep hij de trap op zonder op de groepjes mensen te letten die zich bij de deur aan het vormen waren.

Een agent kwam hem tegemoet. Hij overhandigde hem een velletje papier en hij hoefde er nauwelijks een blik op te werpen om te begrijpen waarover het ging.

'Hij was het aan het uitdelen in het hanencircus,' zei de agent.

De burgemeester stormde de gang in. Hij opende de eerste cel, bleef met zijn hand op de sluitbalk staan en tuurde scherp in het donker tot hij zien kon: het was een jongen van een jaar of twintig, met een scherpgetekend, droefgeestig en pokdalig gezicht. Hij had een baseballpetje op zijn hoofd en droeg een bril met zeer bolle glazen.

'Hoe heet je?'

'Pepe.'

'Pepe hoe nog meer?'

'Pepe Amador.'

De burgemeester keek hem een ogenblik aan en probeerde zich iets te herinneren. De jongen zat op de betonnen verhoging die de gevangenen tot bed diende. Hij zag er kalm uit. Hij nam zijn bril af, veegde hem met een slip van zijn hemd schoon en bekeek de burgemeester met gerimpelde oogleden.

'Waar hebben wij elkaar eerder gezien?' vroeg de burgemeester.

'Hier,' zei Pepe Amador.

De burgemeester zette geen voet in de cel. Hij bleef peinzend naar de gevangene kijken, en daarna begon hij de deur weer te sluiten.

'Pepe,' zei hij, 'ik geloof dat je je er aardig ingeluisd hebt.'

Hij grendelde de deur af, stopte de sleutel in zijn zak en ging naar de kamer, waar hij het klandestiene pamflet verscheidene malen overlas.

Hij ging voor de geopende balkondeuren zitten, sloeg de muskieten van zich af terwijl de lichten in de verlaten straten aangingen. Hij kende die stilte van de avondschemering. In een andere tijd, op net zo'n avond, had hij de emotie van de macht in al haar volheid ondergaan.

'Dus ze zijn er weer,' zei hij hardop tegen zichzelf.

Ze waren er weer. Net als vroeger waren ze aan weerszijden gestencild, en hij had ze waar en wanneer ook kunnen herkennen aan die ondefinieerbare indruk van onrust die het klandestiene achterlaat.

Lange tijd zat hij zo in het donker te peinzen, het blaadje open en dichtvouwend, voordat hij een beslissing nam. Tenslotte stopte hij het in zijn broekzak en voelde de sleutels van de celdeur.

'Rovira,' riep hij.

Zijn meest vertrouwde agent kwam uit het duister opdagen. De burgemeester gaf hem de sleutels.

'Belast jij je met die jongen,' zei hij. 'Probeer hem zo ver te krijgen dat hij je de namen geeft van de mannen die de klandestiene propaganda naar het dorp brengen. Als het je goedschiks niet lukt,' verduidelijkte hij, 'probeer het dan op alle mogelijke manieren uit hem te krijgen.'

De agent herinnerde hem eraan dat hij die nacht een ronde moest lopen.

'Vergeet dat maar,' zei de burgemeester. 'Tot nader order hoef je niets anders te doen. En dan nog iets,' voegde hij eraan toe, alsof hij plotseling inspiratie gekregen had: 'Stuur die mannen die op de binnenplaats staan naar huis. Vannacht wordt er geen wacht gelopen.'

Hij ontbood de drie agenten, die op zijn bevel altijd werkeloos in het politiebureau bleven zitten, naar het geblindeerde kantoor. Hij liet ze de uniformen aantrekken die hij in de kast achter slot hield. Terwijl ze zich aankleedden, borg hij de losse flodders die hij de vorige avonden onder de mannen van de wachtronden verdeeld had in het bureau op en haalde uit de brandkast een handvol patronen.

'Vannacht gaan jullie wachtlopen,' zei hij, terwijl hij de geweren nakeek en de beste aan hen gaf. 'Jullie hoeven niets te doen, alleen maar te zorgen dat de mensen er goed van doordrongen raken dat jullie op straat zijn.' Toen allen gewapend waren, gaf hij hun de munitie. Hij ging vlak voor hen staan.

'Maar prent één ding goed in je hoofd,' waarschuwde hij: 'de eerste die een stommiteit uithaalt laat ik tegen de muur van de binnenplaats fusilleren.' Hij wachtte op een reaktie, die niet kwam. 'Begrepen?'

De drie mannen—twee indiaanachtigen met alledaags voorkomen, en één blonde die naar het reusachtige neigde en doorschijnend blauwe ogen had—hadden naar die laatste woorden geluisterd terwijl ze de patronen in hun patroongordels stopten. Ze sprongen in de houding.

'Begrepen, luitenant.'

'En dan nog iets,' zei de burgemeester, die nu op een informele toon overging: 'De Asis zijn in het dorp, en het zou me helemaal niet verbazen als jullie vanavond een van hen stomdronken tegenkwamen, met de neiging om rotzooi te trappen. Maar wat er ook gebeurt, laat hem met rust.' Ook deze keer kwam de verwachte reaktie niet. 'Begrepen?'

'Begrepen, luitenant.'

'Dus jullie weten het,' besloot de burgemeester. 'Zorg dat je ze alle vijf bij elkaar hebt.'

Toen hij na het avondgebed, dat hij als gevolg van de avondklok een uur vroeger had gesteld, de kerk sloot rook pater Angel een geur van verrotting. Het was een sterke, plotseling opkomende stank die hem nog niet verontrustte. Later, toen hij schijfjes groene banaan aan het bakken was en melk opwarmde voor het avondeten, begreep hij de oorzaak van de stank: Trinidad, die al vanaf zaterdag ziek was, had de dode muizen niet weggehaald. Toen keerde hij naar de kerk terug, opende de vallen, maakte ze schoon en liep vervolgens naar het huis van Mina, op twee blokken van de kerk gelegen.

Toto Visbal zelf opende de deur voor hem. In de kleine schemerige salon, waar enige leren krukjes ordeloos door elkaar stonden en allerlei prenten aan de muur hingen, zaten Mina's moeder en de blinde grootmoeder een sterk geurende en gloeiend hete drank te drinken. Mina zelf maakte kunstbloemen.

'Al vijftien jaar,' zei de blinde vrouw, 'hebben we u niet in dit huis gezien, pater.'

Dat was waar. Elke middag kwam hij voorbij het raam waar Mina papieren bloemen zat te maken, maar nooit kwam hij binnen.

'De tijd gaat onmerkbaar voorbij,' zei hij. En vervolgens, met een toespeling op zijn haast, richtte hij zich tot Toto Visbal: 'Ik kwam u vragen of u zo vriendelijk zou willen zijn Mina vanaf morgen voor de muizenvallen te laten zorgen. Trinidad,' legde hij aan Mina uit, 'is al sinds zaterdag ziek.'

Toto Visbal gaf zijn toestemming.

143

'Niks als tijdverlies,' kwam de blinde vrouw tussenbeide. 'Per slot van rekening vergaat de wereld toch dit jaar.'

De moeder van Mina legde haar hand op haar knie om haar te kennen te geven dat ze haar mond moest houden. De blinde vrouw duwde de hand weg.

'God straft het bijgeloof,' zei de pastoor.

'Er staat geschreven,' zei de blinde vrouw: 'het bloed zal door de straten stromen en geen menselijke macht zal in staat zijn het te doen ophouden.'

De pater wierp een meewarige blik op haar: ze was erg oud, uitzonderlijk bleek en haar dode ogen leken wel in het geheim der dingen door te dringen.

'We zullen zwemmen in het bloed,' spotte Mina.

Toen richtte pater Angel zich tot haar. Hij zag haar, met haar diepzwarte haren en dezelfde bleekheid als de blinde vrouw, uit een wolk van kleurige linten en papieren opdoemen. Het leek wel een allegorisch tafereel op een schoolfeest.

'En jij,' zei hij haar, 'werken op zondag.'

'Ik zei het u toch al,' kwam de blinde weer. 'Gloeiende as zal op uw hoofd neerregenen.'

'Nood breekt wet,' glimlachte Mina.

Aangezien de pastoor nog altijd stond, schoof Toto Visbal een stoel bij en nodigde hem opnieuw uit te gaan zitten. Hij was een teergebouwd man, met gebaren die angstig waren van verlegenheid.

'Nee dank u,' weigerde pater Angel. 'Straks word ik nog door de avondklok overvallen.' Hij luisterde naar de immense stilte in het dorp en merkte op: 'Het lijkt wel of het al acht uur geweest is.'

En toen wist hij het: nadat de cellen bijna twee jaar leeg geweest waren, zat Pepe Amador in de gevangenis en was het dorp overgeleverd aan drie misdadigers. De mensen hadden zich al om zes uur in hun huizen teruggetrokken.

'Het is vreemd,' pater Angel leek wel in zichzelf te praten. 'Zoiets, in deze tijd, is toch onredelijk.'

'Vroeg of laat moest het toch gebeuren,' zei Toto Visbal. 'Het hele land is met spinrag opgelapt.'

Hij begeleidde de pater naar de deur.

'Hebt u de klandestiene pamfletten niet gezien?'

Pater Angel bleef ontsteld staan.

'Alweer?'

'In augustus,' kwam de blinde vrouw tussenbeide, 'zullen de drie dagen van duisternis beginnen.'

Mina strekte haar arm uit om haar een bloem te geven waar ze pas aan begonnen was. 'Hou je mond,' zei ze, 'en maak dit af.' De blinde vrouw herkende de bloem op de tast en maakte hem af zonder het spoor van de pastoor kwijt te raken.

'Dus ze zijn er weer,' zei de pater.

'Zowat een week geleden,' zei Toto Visbal. 'Hier was er een, zonder dat iemand wist wie het gebracht heeft. U weet wel hoe zoiets gaat.'

De pastoor knikte.

'Ze zeggen dat alles nog net zo is als vroeger,' vervolgde Toto Visbal. 'Er is een andere regering gekomen, ze hebben rust en waarborgen beloofd, en in het begin geloofde iedereen het. Maar de ambtenaren zijn nog steeds dezelfden.'

'En dat is waar,' kwam de moeder van Mina tussenbeide. 'Nu zitten we weer met de avondklok, en die drie misdadigers op straat.'

'Dit alles staat geschreven,' zei de blinde vrouw.

'Het is absurd,' zei de pastoor nadenkend. 'We moeten toch toegeven dat hun houding anders geworden is. Of tenminste,' verbeterde hij zichzelf, 'anders was tot vanavond.'

Maar uren later, toen hij de slaap niet kon vatten in de warmte onder het muskietennet, vroeg hij zich af of de tijd wel werkelijk voorbij was gegaan in de negentien jaar waarin hij deze parochie leidde. Hij hoorde, vlak voor zijn huis, het lawaai van de laarzen en de wapens die in een andere tijd aan de salvo's van de fusilleringen voorafgingen. Alleen deze keer verwijderden de laarzen zich, kwamen een uur later opnieuw langs en verwijderden zich weer, zonder dat er schoten knalden. Even later, gekweld door de vermoeienis van slapeloosheid en hitte, merkte hij dat de hanen al een hele tijd aan het kraaien waren.

Mateo Asis probeerde de tijd te berekenen naar het gekraai van de hanen. Eindelijk kwam hij bovendrijven in de werkelijkheid.

'Hoe laat is het?'

Nora de Jacob strekte in het schemerdonker haar arm uit en nam het klokje met de lichtgevende cijfers van het nachtkastje. Het antwoord dat ze nog niet eens gegeven had maakte haar klaarwakker.

'Half vijf,' zei ze.

'Godverdomme!'

Mateo Asis sprong uit het bed. Maar de hoofdpijn en verder het naar grond smakende bezinksel in zijn mond dwongen hem, zijn vaart wat te matigen. Met zijn voeten tastte hij in het donker naar zijn schoenen.

'Had ik me daar bijna door het daglicht laten overvallen,' zei hij.

'Geweldig,' zei ze. Ze stak het lampje aan en herkende zijn knobbelige ruggegraat en zijn bleke billen. 'Dan had je hier tot morgen opgesloten moeten blijven.'

Ze was helemaal naakt, alleen haar geslacht was ternauwernood bedekt door een puntje van het laken. Zelfs de stem verloor, nu het licht aangestoken was, zijn zoele onbeschaamdheid.

Mateo Asis trok zijn schoenen aan. Hij was lang en stevig gebouwd. Nora de Jacob, die hem sinds twee jaar zo nu en dan in haar huis ontving, onderging een gevoel van frustratie door het noodlottige idee, een man geheim te moeten houden die haar juist iemand leek waar een vrouw trots op kon zijn.

'Als je niet oppast word je nog dik,' zei ze.

'Dat is het goeie leven,' antwoordde hij, terwijl hij probeerde het onbehaaglijke gevoel te verbergen. En hij voegde er glimlachend aan toe: 'Ik schijn zwanger te zijn.'

'Was het maar waar,' zei ze. 'Als mannen zouden baren zouden ze niet zo onvoorzichtig zijn.'

Hij ging naar de badkamer en waste zich, waarbij hij zijn

146

best deed niet te diep adem te halen: iedere geur in de vroege morgen was een geur van haar. Toen hij in de slaapkamer terugkwam zat ze rechtop in bed.

'Vandaag of morgen,' zei Nora de Jacob, 'krijg ik genoeg van dat heimelijke gedoe en vertel ik het aan iedereen.'

Hij keek niet naar haar zolang hij nog niet geheel gekleed was. Ze werd zich bewust van haar magere borsten en zonder met praten op te houden trok ze het laken tot haar hals op.

'Ik verlang er zo naar,' vervolgde ze, 'dat we samen in bed kunnen ontbijten en hier tot na de middag blijven. Ik ben gewoon in staat om bij mezelf een schotschrift aan te plakken.'

Hij lachte luid.

'Dat overleeft die oude Benjamincito niet,' zei hij. 'Hoe staat het daar eigenlijk mee?'

'Stel je voor,' zei ze: 'wachten tot Néstor Jacob doodgaat.'

Ze zag hem bij de deur met een handbeweging afscheid nemen. 'Probeer de avond voor kerst te komen,' zei ze hem. Hij beloofde het. Hij stak op zijn tenen de binnenplaats over en liep door de tuinpoort de straat op. Er viel een ijskoude motregen die nauwelijks zijn huid bevochtigde. Een schreeuw kwam hem tegemoet toen hij het plein betrad.

'Halt!'

Een zaklantaarn werd vlak voor zijn ogen aangeknipt. Hij wendde zijn gezicht af.

'Ach, verdomd!' zei de burgemeester, onzichtbaar achter het licht. 'Kijk eens wie we hier hebben. Ga je of kom je?'

Hij knipte de lantaarn uit en Mateo Asis zag hem, vergezeld van drie agenten. Zijn gezicht was fris en schoongewassen, en hij had het machinepistool voor zijn borst hangen.

'Ik kom,' zei Mateo Asis.

De burgemeester kwam dichterbij om in het licht van de straatlantaarn op zijn horloge te kijken. Het was tien minuten voor vijf. Hij gaf de agenten een teken dat ze het einde van de avondklok konden aangeven. Hij bleef gespannen staan tot het trompetgeschal, dat een trieste toon aan de dageraad verleende, niet meer te horen was. Nadat hij de agenten weggestuurd had, liep hij met Mateo Asis verder over het plein.

'Het is zover,' zei hij, 'dat gedoe met de papiertjes is afgelopen.'

Er was meer vermoeidheid dan tevredenheid in zijn stem. 'Heb je de dader te pakken?'

'Nog niet,' zei de burgemeester. 'Maar ik heb net de laatste ronde gemaakt en ik kan je verzekeren dat er vandaag voor het eerst geen enkel papier verschenen is. Het was gewoon een kwestie van even doorbijten.'

Toen ze voor de tuinpoort van het huis kwamen, liep Mateo Asis vooruit om de honden vast te leggen. De dienstmeisjes zaten zich uit te rekken in de keuken. Toen de burgemeester binnenkwam werd hij verwelkomd door een hels lawaai van vastgeketende honden, dat een ogenblik later overging in een geluid van stappen en zuchten van vreedzame dieren. Toen de weduwe van Asis binnenkwam, zaten ze op het lage muurtje in de keuken koffie te drinken. Het was helder geworden.

'Matineuze man,' zei de weduwe, 'goede huisvader maar slechte gade.'

Ondanks haar goede humeur was op haar gezicht de kwelling te zien van een verschrikkelijke nachtwake. De burgemeester beantwoordde haar groet. Hij raapte het machinepistool van de vloer op en hing het aan zijn schouder.

'U kunt zoveel koffie nemen als u wilt, luitenant,' zei de weduwe, 'maar breng me geen geweren in huis.'

'Integendeel,' glimlachte Mateo Asis. 'Je zou het hem te leen moeten vragen om naar de mis te gaan. Vind je niet?'

'Ik heb die dingen niet nodig om me te verdedigen,' antwoordde de weduwe. 'De Goddelijke Voorzienigheid staat aan onze kant. Wij Asis,' voegde ze er ernstig aan toe, 'waren al kinderen Gods toen er mijlen in de omtrek nog geen pastoors waren.'

De burgemeester nam afscheid. 'We moeten ook nog wat slapen,' zei hij. 'Dit is geen leven voor een christenmens.' Hij baande zich een weg tussen de kippen en de eenden en de kalkoenen door, die het huis binnen begonnen te dringen. De weduwe verjoeg de beesten. Mateo Asis ging naar de slaapkamer, nam een bad, verkleedde zich en ging weer naar buiten om het muildier te zadelen. Zijn broers waren al bij het krieken van de dageraad weggegaan.

De weduwe van Asis was met de vogelkooien bezig toen haar zoon op de binnenplaats verscheen.

'Denk erom,' zei ze hem, 'voor je veiligheid zorgen wil nog niet zeggen dat je geen afstand moet houden.'

'Hij is alleen maar binnengekomen om een beetje koffie te drinken,' zei Mateo Asis. 'We kwamen bijna zonder dat we er erg in hadden aan de praat.'

Hij stond aan het eind van de gang en keek naar zijn moeder maar zij praatte niet meer. Het leek wel of ze zich tot de vogels wendde. 'Meer hoef ik je niet te zeggen,' antwoordde ze tenslotte. 'Ik wil niet dat je moordenaars in mijn huis brengt.' Toen ze met de kooien klaar was, wendde ze zich rechtstreeks tot haar zoon:

'En jij, waar was jij eigenlijk?'

Die morgen meende rechter Arcadio onheilspellende voortekenen te ontdekken in de minuskule voorvalletjes die het leven van alledag kenmerken. 'Ik heb hoofdpijn,' zei hij, waarmee hij zijn vrouw zijn onzekerheid probeerde te verklaren. Het was een zonnige morgen. Voor het eerst sinds verscheidene weken had de rivier zijn dreigende uiterlijk en zijn geur van ongelooide huiden verloren. Rechter Arcadio liep naar de kapsalon.

'Het recht,' verwelkomde de kapper hem, 'loopt mank maar komt toch.'

Het vertrek was met petroleum opgepoetst en de spiegels waren met loodwit bestreken. De kapper begon ze met een doek op te wrijven terwijl rechter Arcadio in de stoel ging zitten.

'Er moesten geen maandagen bestaan,' zei de rechter.

De kapper was begonnen zijn haar te knippen.

'Het is de schuld van de zondag,' zei hij. 'Als er geen zondag was,' verduidelijkte hij vrolijk, 'dan zouden er ook geen maandagen bestaan.'

Rechter Arcadio sloot zijn ogen. Deze keer, na tien uur

slaap, een onstuimige liefdesdaad en een langdurig bad, had hij de zondag niets te verwijten. Maar het was een sombere maandag. Toen de torenklok negen uur geslagen had en in plaats van de klokslagen het hoge geluid van de naaimachine in het belendende huis overbleef, was er nog een voorteken dat rechter Arcadio deed huiveren: de stilte in de straten.

'Dit is een spookdorp,' zei hij.

'Zo hebben jullie het gewild,' zei de kapper. 'Vroeger had ik 's maandagsmorgens om deze tijd al minstens vijf klanten geknipt. Vandaag begin ik pas met u te werken.'

Rechter Arcadio opende zijn ogen en keek een ogenblik via de spiegel naar de rivier. 'Jullie,' herhaalde hij. En hij vroeg: 'Wie zijn dat eigenlijk?'

'Jullie,' aarzelde de kapper. 'Voordat jullie kwamen, was dit een strontdorp, net als alle andere, maar nu is het 't ergste van allemaal.'

'Als jij me zulke dingen zegt,' antwoordde de rechter, 'dan is dat omdat je weet dat ik nooit iets met die dingen te maken heb gehad. Zou je,' vroeg hij zonder agressiviteit, 'hetzelfde tegen de luitenant durven zeggen?'

De kapper gaf toe van niet.

'U weet niet wat het is,' zei hij, 'elke morgen maar weer opstaan met de zekerheid dat ze je zullen vermoorden, terwijl er tien jaar voorbijgaan zonder dat ze je vermoorden.'

'Ik weet het niet,' gaf rechter Arcadio toe, 'en ik wil het ook niet weten.'

'Doe alles wat u kunt,' zei de kapper, 'om het nooit te weten te komen.'

De rechter boog zijn hoofd. Na een langdurige stilte vroeg hij: 'Weet je, Guardiola?' Zonder het antwoord af te wachten vervolgde hij: 'De luitenant gaat in het dorp ten onder. En elke dag zakt hij dieper weg, omdat hij een genot ontdekt heeft waar hij niet meer buiten kan: langzamerhand, zonder veel lawaai te maken, wordt hij rijk.' En omdat de kapper zwijgend luisterde, besloot hij: 'Ik wed dat er door hem niet één dode meer zal vallen.'

'Denkt u dat werkelijk?'

'Ik wed om honderd tegen één,' hield rechter Arcadio vol. 'Voor hem is er in deze tijd geen beter zaakje dan de vrede.'

De kapper was juist gereedgekomen met het knippen van zijn haren, wipte de stoel naar achteren en verwisselde zonder een woord te zeggen het laken. Toen hij eindelijk sprak, klonk er een zweem van verwarring in zijn stem.

'Het is wel raar dat juist u dat zegt,' zei hij, 'en dat u het tegen mij zegt.'

Als zijn houding het hem veroorloofd had, zou rechter Arcadio zijn schouders hebben opgehaald.

'Het is niet de eerste keer dat ik het zeg,' zei hij.

'De luitenant is uw beste vriend,' zei de kapper.

Hij was zachter gaan spreken, op een gespannen en vertrouwelijke toon. Gekoncentreerd op zijn werk had hij dezelfde uitdrukking op zijn gezicht als iemand die zijn handtekening zet en niet gewend is om te schrijven.

'Vertel me eens, Guardiola', vroeg rechter Arcadio met een zekere plechtigheid, 'wat denk je eigenlijk van mij?'

De kapper was begonnen hem te scheren. Hij dacht een ogenblik na, voordat hij antwoord gaf.

'Tot nu toe,' zei hij, 'dacht ik dat u een man bent die weet dat hij weggaat, en die weg wil gaan.'

'Dat mag je dan blijven denken,' glimlachte de rechter.

Hij liet zich scheren met dezelfde sombere passiviteit als waarmee hij zich de hals had laten afsnijden. Hij hield zijn ogen gesloten terwijl de kapper zijn kin met een aluinsteen inwreef, hem bepoederde en het poeder er met een kwast van zeer zacht paardehaar weer afstofte. Toen hij het laken van zijn nek nam, liet hij een papiertje in de zak van de rechter zijn hemd glijden.

'U vergist u in één ding,' zei hij. 'In dit land komt rotzooi.'

Rechter Arcadio vergewiste zich ervan of ze nog alleen in de kapsalon waren. De hete zon, het hoge geluid van de naaimachine en de stilte van half tien 's morgens, de onvermijdelijke maandag wezen hem op nog iets meer: het leek wel of ze alleen in het dorp waren. Toen nam hij het papier uit de zak van zijn hemd en las.

De kapper draaide hem de rug toe om de kaptafel op te ruimen. 'Twee jaren van redevoeringen,' citeerde hij uit zijn hoofd. 'En nog dezelfde staat van beleg, dezelfde censuur op de pers, dezelfde ambtenaren.' Toen hij in de spiegel zag dat rechter Arcadio het uitgelezen had, zei hij:

'Laat het rondgaan.'

De rechter stopte het papier weer in zijn zak.

'Je bent dapper,' zei hij.

'Als ik me al eens ooit in iemand vergist had,' zei de kapper, 'dan had ik jaren geleden al vol lood gezeten.' Vervolgens voegde hij er op ernstige toon aan toe: 'En prent één ding goed in uw geheugen, rechter: dit kan niemand meer tegenhouden.'

Toen hij de kapsalon verliet had rechter Arcadio een droog gevoel aan zijn verhemelte. In de biljartzaal bestelde hij twee dubbele borrels, en toen hij ze gedronken had, de ene na de andere, begreep hij dat hij nog bij lange na niet klaar was. In zijn studententijd, op een paaszaterdag, had hij eens geprobeerd de onzekerheid met een paardemiddel te bestrijden: hij ging het urinoir van een bar binnen, volkomen nuchter, strooide kruit op een sjanker en stak het in brand.

Bij de vierde borrel schonk don Roque wat minder in. 'Als u zo doorgaat,' glimlachte hij, 'moeten ze u nog op de schouders naar buiten dragen, net als de stierenvechters.' Ook hij glimlachte met zijn lippen, maar zijn ogen bleven dof. Een half uur later ging hij naar de waterplaats, waterde, en voordat hij naar buiten ging gooide hij het klandestiene pamflet in de wc.

Toen hij bij de bar terugkwam zag hij de fles naast het glas staan, en op de fles was met een inktstreep het niveau van de inhoud aangegeven. 'Dat is allemaal voor u,' zei don Roque terwijl hij zich langzaam koelte toewaaierde. Ze waren alleen in het café. Rechter Arcadio schonk zich een half glas in en begon zonder haast te drinken. 'Zal ik u eens wat vertellen?' vroeg hij. En omdat don Roque geen teken gaf het verstaan te hebben, zei hij:

'Er komt rotzooi?'

Don Sabas was bezig zijn ontbijt, niet groter dan een vogelportie, op de weegschaal te wegen toen hem een nieuw bezoek van de heer Carmichael werd aangekondigd. 'Zeg hem dat ik nog slaap,' fluisterde hij zijn vrouw in het oor. En inderdaad, tien minuten later sliep hij. Toen hij wakker werd was de lucht droog geworden en het huis verlamd door de hitte. Het was twaalf uur geweest.

'Wat heb je gedroomd?' vroeg zijn vrouw.

'Niets.'

Ze had gewacht tot haar man vanzelf wakker werd. Een ogenblik later kookte ze de hypodermatische injektiespuit en gaf don Sabas zichzelf een insuline-injektie in de dij.

'Dat is nu al drie jaar dat je helemaal niets meer droomt,' zei de vrouw met een wat late teleurstelling.

'Verdomme,' riep hij. 'Wat wil je dan eigenlijk? Je kunt jezelf niet dwingen om te dromen.'

Jaren geleden had don Sabas in zijn kortstondige middagdroom eens gedroomd van een eik die in plaats van bloemen scheermesjes voortbracht. Zijn vrouw verklaarde de droom en won een tientje in de loterij.

'Als het vandaag niet is dan komt het morgen wel,' zei ze.

'Het was vandaag niet en het zal morgen ook niet zijn,' antwoordde don Sabas ongeduldig. 'Ik ga niet dromen enkel en alleen om jou te laten ouwehoeren.'

Hij ging opnieuw in het bed liggen terwijl zijn vrouw de kamer opruimde. Alle soorten instrumenten, snijdende en stekende, waren uit de kamer verbannen. Toen er een half uur voorbij was richtte don Sabas zich in verscheidene fasen op, waarbij hij zijn best deed zich vooral niet te veel te bewegen, en begon zich aan te kleden.

'O ja,' vroeg hij even later, 'wat zei Carmichael eigenlijk?'

'Dat hij later terugkomt.'

Ze wisselden geen woord meer tot ze aan tafel zaten. Don Sabas peuzelde zijn tot het uiterste vereenvoudigde ziekendieet. Zij bediende zich van een volledig middagmaal, op het eerste gezicht te overvloedig voor haar tengere lichaam en haar kwijnende gelaatsuitdrukking. Ze had er lang over nagedacht toen ze eindelijk besloot hem te vragen:

'Wat wil Carmichael eigenlijk?'

Don Sabas keek zelfs niet op.

'Wat zou het anders kunnen zijn dan centen?'

'Dat dacht ik al,' zuchtte de vrouw. En ze voegde er vroom aan toe: 'Arme Carmichael: stromen geld gaan er door zijn handen, zoveel jaren lang, en hij leeft van de openbare liefdadigheid.' Terwijl ze sprak nam haar geestdrift voor het middageten af.

'Geef hem, Sabitas,' smeekte ze. 'God zal het je belonen.' Ze legde mes en vork gekruist over het bord en vroeg nieuwsgierig: 'Hoeveel heeft hij nodig?'

'Tweehonderd pesos,' antwoordde don Sabas onverstoorbaar.

'Tweehonderd pesos!'

'Ja, stel je voor!'

In tegenstelling tot de zondag, die zijn drukste dag was, had don Sabas 's maandags een rustige middag. Hij kon uren lang in zijn kantoor zitten sluimeren voor de elektrische ventilator, terwijl het vee in zijn fokkerijen groeide, vetter werd en zich vermenigvuldigde. Maar die middag slaagde hij er niet in ook maar één ogenblikje rust te vinden.

'Het komt door de warmte,' zei de vrouw.

Een vonk van ergernis flitste in de kleurloos geworden pupillen van don Sabas. In de kleine kamer, met een oud houten schrijfbureau, vier leren stoelen en in de hoeken door elkaar gesmeten paardetuigen, waren de zonneblinden gesloten en de lucht was er lauwwarm en zwaar.

'Kan best zijn,' zei hij. 'Het is nog nooit zo warm geweest in oktober.'

'Vijftien jaar geleden was het net zo warm als nu en toen kwam er een aardbeving,' zei zijn vrouw. 'Weet je nog?'

'Ik weet het niet meer,' zei don Sabas afwezig. 'Je weet dat ik me nooit iets herinner. Bovendien,' voegde hij er slechtgehumeurd aan toe, 'heb ik vanmiddag geen zin om over rampen te praten.'

Hij sloot zijn ogen, kruiste zijn armen over zijn buik en deed alsof hij sliep. 'Als Carmichael komt,' mompelde hij nog, 'zeg je hem maar dat ik er niet ben.' Een smekende uitdrukking veranderde het gezicht van zijn vrouw.

'Je hebt een slechte inborst,' zei ze.

Maar hij zei niets meer. Ze verliet het kantoor en sloot de getraliede deur zonder ook maar het geringste geluid te maken.

Tegen de avond, nadat hij echt geslapen had, opende don Sabas zijn ogen en zag, als in de voortzetting van een droom, de burgemeester tegenover zich zitten, die wachtte tot hij wakker zou worden.

'Een man als u,' glimlachte de burgemeester, 'kan beter niet met open deur slapen.'

Don Sabas maakte geen enkel gebaar dat iets van zijn verwarring liet blijken. 'Voor u,' zei hij, 'staan de deuren van mijn huis altijd open.' Hij strekte zijn arm uit naar het belletje, maar de burgemeester hield hem met een handbeweging tegen.

'Wilt u geen koffie?' vroeg don Sabas.

'Nu niet,' zei de burgemeester terwijl hij met een blik vol heimwee in de kamer rondkeek. 'Ik zat hier uitstekend terwijl u sliep. Het was alsof ik in een ander dorp was.'

Don Sabas wreef met de rug van zijn vingers over zijn oogleden.

'Hoe laat is het?'

De burgemeester keek op zijn horloge. 'Bijna vijf uur,' zei hij. Vervolgens veranderde hij van houding in de leunstoel en ging voorzichtig over op het doel waarvoor hij gekomen was:

'Dus, we praten?'

'Ik veronderstel,' zei don Sabas, 'dat er niet veel anders voor me op zit.'

'Het zou toch geen zin hebben,' zei de burgemeester. 'Per slot van rekening is het voor niemand een geheim.' En met dezelfde kalme vlotheid van spreken, zonder ook maar één ogenblik zijn gebaren of zijn woorden te forceren, voegde hij eraan toe:

'Vertel eens, don Sabas: hoeveel stuks vee van de weduwe van Montiel hebt u laten weghalen en met uw brandijzer laten merken sinds zij u aangeboden heeft te verkopen?'

155

Don Sabas haalde zijn schouders op.

'Ik heb niet het minste idee.'

'U weet toch zeker nog wel,' zei de burgemeester, 'dat er een naam voor zoiets bestaat.'

'Veediefstal,' preciseerde don Sabas.

'Zo is het, ja,' bevestigde de burgemeester. 'Laten we,' vervolgde hij zonder zich op te winden, 'bijvoorbeeld eens veronderstellen dat jullie in drie dagen tijd tweehonderd stuks vee hebben weggehaald.'

'Was het maar waar,' zei don Sabas.

'Dus, tweehonderd,' zei de burgemeester. 'U kent de voorwaarden: vijftig pesetas gemeentebelasting per beest.'

'Veertig.'

'Vijftig.'

Don Sabas zweeg berustend. Hij zat met zijn rug tegen de rugleuning van de spiraalveren stoel en liet de ring met de glimmende zwarte steen om zijn vinger draaien, zijn ogen strak op een denkbeeldig schaakspel gericht.

De burgemeester observeerde hem met een aandacht die volledig van ieder meegevoel ontbloot was. 'Maar deze keer blijft het daar niet bij,' vervolgde hij. 'Vanaf dit ogenblik, waar het ook mag zijn, staat de hele kudde van de nalatenschap van José Montiel onder bescherming van de gemeente.'

Nadat hij vergeefs op een reaktie had gewacht, verklaarde hij: 'Die arme vrouw is, zoals u wel weet, helemaal krankzinnig.'

'En Carmichael?'

'Carmichael,' zei de burgemeester, 'zit al twee uur in verzekerde bewaring.'

Toen keek don Sabas hem aan met een gezicht dat zowel devotie als verbijstering had kunnen uitdrukken. En zonder enige aankondiging liet hij zijn slappe, omvangrijke lichaam over de schrijftafel heen vallen, schokkend door een onbedwingbaar inwendig lachen.

'Wat fantastisch, luitenant,' zei hij. 'Dat moet wel een droom voor u lijken.'

Aan het eind van de middag had dokter Giraldo de zekerheid dat hij veel terrein op het verleden gewonnen had. De amandelbomen op het plein begonnen weer stoffig te worden. Een nieuwe winter ging voorbij, maar met een geluidloze stap die diepe sporen in de herinnering achterliet. Pater Angel keerde van zijn avondwandeling naar huis terug toen hij de dokter tegenkwam, die juist probeerde zijn sleutel in het slot van de spreekkamer te steken.

'U ziet wel, dokter,' glimlachte hij, 'zelfs om een deur te openen hebben we de hulp van God nodig.'

'Of van een zaklantaarn,' glimlachte de dokter op zijn beurt.

Hij draaide de sleutel om in het slot en wijdde zich nu helemaal aan pater Angel. Hij zag hem donker en mauvekleurig in het schemerlicht. 'Wacht u eventjes, pater,' zei hij. 'Ik geloof dat er iets niet in orde is met uw lever.' Hij hield hem bij de arm tegen.

'Gelooft u werkelijk?'

De dokter stak het licht van het erkertje aan en bekeek met een aandacht die eerder menselijk dan beroepsmatig was het gezicht van de pastoor. Daarna opende hij de getraliede deur en knipte het licht van de spreekkamer aan.

'Het zou geen overbodige luxe zijn als u eens vijf minuten aan uw lichaam wijdde, pater,' zei hij. 'We zullen eens kijken hoe het met die bloeddruk staat.'

Pater Angel had haast. Maar de dokter drong zo aan dat hij de spreekkamer binnenging en zijn arm ontblootte voor de bloeddrukmeter.

'In mijn tijd,' zei hij, 'bestonden die dingen nog niet.'

Dokter Giraldo zette een stoel voor hem neer en ging zitten om de bloeddrukmeter aan te brengen.

'Uw tijd is nu, hier, pater,' glimlachte hij.

Terwijl de dokter de wijzerplaat bestudeerde, keek de pastoor in het vertrek rond met die onnozele nieuwsgierigheid waartoe men door wachtkamers gedreven wordt. Aan de wanden hingen een vergeeld diploma, een gravure van een donkerrood gekleurd meisje met een in blauw aangegeven wormstekige wang en een schilderij van een dokter, in gevecht met

de dood om een naakte vrouw. Achterin, achter het witgeschilderde ijzeren onderzoekbed, stond een kast met van eti-
ketten voorziene flesjes. Naast het raam waren een glazen
kastje met instrumenten en nog twee propvol met boeken.
De enige duidelijke geur was die van niet-drinkbare alkohol.

Het gezicht van dokter Giraldo onthulde niets toen hij de
bloeddruk had opgenomen.

'In dit vertrek ontbreekt een heilige,' mompelde pater
Angel.

De dokter keek naar de wanden. 'Niet alleen hier,' zei hij.
'In het dorp ontbreekt er ook een.' Hij borg de bloeddrukmeter op in een leren etui, dat hij met een energieke ruk aan
de ritssluiting sloot en zei toen:

'Ik kan u één ding vertellen, pater: uw bloeddruk is uitstekend.'

'Dat dacht ik al,' zei de pastoor. En hij voegde er met een
lome verslagenheid aan toe: 'Ik heb me nog nooit zo goed ge-
voeld in oktober.'

Langzaam begon hij de mouw weer naar beneden te rollen.
In zijn soutane met de verstelde randen, met zijn kapotte
schoenen en zijn ruwe handen waarvan de nagels van een soort
geschroeid hoorn leken, kwam op dit ogenblik zijn belangrijkste kenmerk naar voren: hij was een buitengewoon arm
man.

'En toch,' antwoordde de dokter, 'maak ik me zorgen over
u: u moet toch toegeven dat uw manier van leven nu niet
direkt de meest geschikte is voor zo'n oktobermaand als deze.'

'Onze Lieve Heer is veeleisend,' zei de pater.

De dokter draaide hem de rug toe en keek door het raam
naar de donkere rivier. 'Ik vraag me af tot op welke hoogte,'
zei hij. 'Dat lijkt me toch niet de bedoeling van God, zich
negentien jaar lang inspannen om het instinkt van de mensen
met een pantser af te sluiten terwijl men zich er ten volle van
bewust is dat daaronder alles hetzelfde blijft.' En na een langdurig zwijgen vroeg hij: 'Hebt u de laatste dagen nooit eens
de indruk gehad dat uw onverbiddelijke werk ineen begint te
storten?'

'Elke nacht, mijn hele leven lang, heb ik die indruk gehad,' zei pater Angel. 'Daarom weet ik juist dat ik de volgende dag met nog meer kracht moet beginnen.'

Hij was opgestaan. 'Het is bijna zes uur,' zei hij, terwijl hij naar de deur van de spreekkamer liep. Zonder zich van het raam te verwijderen scheen de dokter een arm in zijn richting uit te strekken om hem te zeggen:

'Pater: op een van deze avonden moet u uw hand eens op uw hart leggen en uzelf afvragen of u niet bezig bent, een pleister op de moraal te leggen.'

Pater Angel kon een verschrikkelijk gevoel van inwendige benauwdheid niet verbergen. 'In het uur van de dood,' zei hij, 'zult u pas weten hoe zwaar deze woorden wegen, dokter.' Hij wenste hem goedenavond en duwde toen hij buiten was zacht de deur weer dicht.

Hij kon zich niet op het gebed koncentreren. Toen hij de kerk sloot, kwam Mina naar hem toe om hem te zeggen dat er in twee dagen maar één muis in de vallen gelopen was. Hij had de indruk dat de muizen zich tijdens de afwezigheid van Trinidad zo sterk vermenigvuldigd hadden dat ze de kerk dreigden te ondergraven. Toch had Mina de vallen opgesteld. Ze had de kaas vergiftigd, het spoor van de jonge muizen gevolgd en de nieuwe nesten, die hijzelf haar had helpen opsporen, met asfalt afgesloten.

'Je moet een beetje geloof in je werk leggen,' zei hij, 'dan komen de muizen als lammetjes naar de vallen toe.'

Hij liep verscheidene malen over de kale vloermat heen en weer voor hij ging slapen. In de nervositeit van de slapeloosheid was hij zich ten volle bewust van het duistere gevoel van nederlaag dat de dokter in zijn hart had geprent. Die ongerustheid, en verder de troep muizen in de kerk en de verschrikkelijke verlamming van de avondklok, alles werkte ertoe mee dat een blinde kracht hem naar de woeste onrust van zijn meest gevreesde herinnering sleepte.

Toen hij pas in het dorp was aangekomen, waren ze hem midden in de nacht komen wekken om Nora de Jacob te bedienen. Hij had een dramatische biecht te horen gekregen, op kalme, sobere en gedetailleerde wijze uitgesproken in een slaapkamer die gereedgemaakt was om de dood te ontvangen: alleen een crucifix was boven het hoofdeinde van het bed overgebleven, en talrijke onbezette stoelen die tegen de muren stonden. De stervende had hem onthuld dat haar man, Néstor Jacob, niet de vader van het pasgeboren meisje was. Pater Angel had haar de absolutie gegeven onder voorwaarde dat de biecht herhaald en de daad van berouw volbracht zouden worden in aanwezigheid van de echtgenoot.

Gehoorzamend aan de ritmische bevelen van de circusdirekteur groeven de ploegen de stutbalken los en de hele circustent zakte als een indrukwekkende katastrofe in elkaar, met een klaaglijk gefluit als wind in de bomen. Bij het aanbreken van de dageraad was de tent opgevouwen, en de vrouwen en kinderen ontbeten op de grote koffers terwijl de mannen de roofdieren inlaadden. Toen de boten voor de eerste maal floten waren de sporen van de stookplaatsen in de kale grond de enige aanwijzing dat een prehistorisch dier door het dorp getrokken was.

De burgemeester had niet geslapen. Nadat hij vanaf zijn balkon naar het aan boord gaan van het circus had gekeken, mengde hij zich, nog altijd in gevechtstenue, in de drukte van de haven, met ogen die prikten door gebrek aan slaap en een gezicht dat hard geworden was door een baard van twee dagen. De circusdirekteur zag hem vanaf het dek van de boot.

'Gegroet, luitenant,' schreeuwde hij hem toe. 'Ik laat u uw koninkrijk.'

Hij was in een ruime lichte overal gestoken die zijn ronde gezicht iets priesterachtigs verleende. De rijzweep had hij om zijn vuist gerold.

De burgemeester liep dichter naar de oever toe. 'Het spijt me, generaal,' riep hij, al even vrolijk en met uitgespreide armen. 'Ik hoop dat u zo eerlijk bent om te zeggen waarom u weggaat.' Hij wendde zich tot de menigte en verklaarde luidkeels:

'Ik heb zijn vergunning ingetrokken omdat hij geen gratis voorstelling voor de kinderen wilde geven.'

De laatste fluit van de boten en onmiddellijk daarna het lawaai van de motoren overstemden het antwoord van de circusdirekteur. Uit het water steeg een stank van omgeroerde modder op. De circusdirekteur wachtte tot de boten in het midden van de rivier gekeerd waren. Toen leunde hij tegen de reling, bracht zijn handen als een luidspreker aan zijn mond en schreeuwde met al de kracht die hij in zijn longen had:

'Vaarwel, hoerezoon van een politieagent!'

De burgemeester raakte er niet door van zijn stuk. Hij wachtte met zijn handen in zijn zakken tot het geluid van de motoren was weggestorven. Toen baande hij zich glimlachend een weg door de menigte en ging de winkel van de Syriër Moisés binnen.

Het was bijna acht uur. De Syriër was begonnen de voor zijn deur uitgestalde koopwaar op te bergen.

'Dus u gaat ook al weg,' zei de burgemeester.

'Voor korte tijd,' zei de Syriër terwijl hij naar de hemel keek. 'We krijgen regen.'

''s Woensdags regent het nooit,' verzekerde de burgemeester.

Hij stond met zijn ellebogen op de toonbank geleund naar de zware onweerswolken die boven de haven dreven te kijken, tot de Syriër klaar was met het opbergen van zijn koopwaar en zijn vrouw opdroeg hen koffie te brengen.

'Als het zo doorgaat,' zuchtte hij als voor zichzelf, 'zullen we nog mensen van de andere dorpen te leen moeten vragen.'

De burgemeester dronk zijn koffie met langzame teugen. Nog drie gezinnen hadden het dorp verlaten. Die meegerekend waren het er, volgens de berekeningen van de Syriër, nu al vijf die in de loop van een week vertrokken waren.

'Vroeg of laat komen ze toch terug,' zei de burgemeester. Hij keek onderzoekend naar de raadselachtige vlekken die de koffie op de bodem van het kopje had achtergelaten en merkte afwezig op: 'Waar ze ook heen gaan, ze zullen zich altijd herinneren dat ze met hun navel aan dit dorp vastzitten.'

Ondanks zijn weersvoorspelling moest hij in de winkel blijven wachten tot een hevige stortbui voorbij was, die gedurende enkele minuten het dorp in een zondvloed deed ondergaan. Hierna ging hij naar het politiebureau waar hij de heer Carmichael zag, die nog altijd op een bankje in het midden van de binnenplaats zat, doorweekt door de stortbui.

Hij bemoeide zich niet met hem. Nadat hij het rapport van de agent van de wacht in ontvangst had genomen, liet hij de cel openen waar Pepe Amador voorover op de bakstenen vloer lag en in een diepe slaap gewikkeld scheen. Hij draaide hem

162

met zijn voet om en keek een ogenblik met een heimelijke meewarigheid naar dat door de slagen misvormde gezicht.

'Sinds wanneer eet hij niet?' vroeg hij.

'Sinds eergisteravond.'

Hij gaf bevel hem op te tillen. Drie agenten pakten hem onder de oksels, sleepten het lichaam door de cel en zetten het op de betonnen verhoging die op een hoogte van een halve meter tegen de muur was aangebracht. Op de plaats waar het lichaam gelegen had bleef een vochtige, donkere plek achter.

Terwijl twee agenten hem overeind hielden, hield de derde zijn hoofd omhoog door het bij de haren vast te pakken. Zonder de onregelmatige ademhaling en de uitdrukking van oneindige uitputting op de lippen had men kunnen denken dat hij dood was.

Toen de agenten hem loslieten opende Pepe Amador zijn ogen en klampte zich op de tast aan de rand van het beton vast. Toen strekte hij zich met een hees gekreun voorover op de verhoging uit.

De burgemeester verliet de cel en gaf bevel hem wat eten te geven en een tijdje te laten slapen. 'Daarna,' zei hij, 'bewerken jullie hem verder tot hij alles loslaat wat hij weet. Ik geloof niet dat hij het nog lang zal volhouden.' Vanaf het balkon zag hij in de binnenplaats opnieuw de heer Carmichael, die met zijn gezicht tussen zijn handen ineengedoken op de bank zat.

'Rovira,' riep hij. 'Ga naar het huis van Carmichael en zeg tegen zijn vrouw dat ze hem droge kleren laat brengen. Daarna,' voegde hij er op besliste toon aan toe, 'laat je hem op mijn kantoor komen.'

Hij was net met zijn bovenlichaam op het schrijfbureau in slaap gevallen toen er aan de deur werd geklopt. Het was de heer Carmichael, in het wit gekleed en helemaal droog, behalve zijn schoenen die slap en gezwollen waren als de schoenen van een drenkeling. Voordat hij zich met hem bezighield, gaf hij de agent bevel nog een paar schoenen te halen.

De heer Carmichael hief zijn arm op naar de agent. 'Laat me maar zo,' zei hij. Daarna richtte hij zich met een blik van strenge waardigheid tot de burgemeester en verklaarde:

'Dit zijn de enige die ik heb.'

De burgemeester liet hem zitten. Vierentwintig uur tevoren was de heer Carmichael naar het geblindeerde kantoor geleid en aan een streng verhoor onderworpen over de situatie van de bezittingen van Montiel. Hij had een gedetailleerde uiteenzetting gegeven. Tenslotte, toen de burgemeester zijn plan bekendmaakte de nalatenschap te kopen tegen de prijs die de gemeentelijke experts zouden vaststellen, had hij duidelijk gemaakt dat hij onwrikbaar vastbesloten was dit niet toe te staan zolang de erfeniskwestie niet was afgewikkeld.

Nadat hij twee dagen lang aan honger en weersgesteldheden was blootgesteld, was zijn antwoord nog even onherroepelijk.

'Je bent een ezel, Carmichael,' zei de burgemeester. 'Als je wacht tot de nalatenschap is afgewikkeld, heeft die bandiet van een don Sabas de hele kudde van Montiel al met zijn brandijzer gemerkt.'

De heer Carmichael haalde zijn schouders op.

'Goed dan,' zei de burgemeester na een langdurig zwijgen. 'We weten al dat je een eerlijk man bent. Maar vergeet één ding niet: vijf jaar geleden gaf don Sabas aan José Montiel de volledige lijst van mensen die in kontakt met de guerrilla's stonden, en daarom was hij de enige leider van de oppositie die in het dorp kon blijven.'

'Er is er nog een gebleven,' zei de heer Carmichael met een zweem van sarkasme in zijn stem: 'de tandarts.'

De burgemeester negeerde de onderbreking.

'En geloof jij dat zo'n man, die in staat is zijn eigen mensen voor niets te verkopen, het waard is dat jij vierentwintig uur in de buitenlucht moet zitten?'

De heer Carmichael boog zijn hoofd en bekeek zijn nagels. De burgemeester ging op het schrijfbureau zitten.

'Bovendien,' zei hij tenslotte op weke toon, 'moet je om je kinderen denken.'

De heer Carmichael wist niet dat zijn vrouw en zijn twee oudste zoons de vorige avond de burgemeester bezocht hadden en dat deze hun beloofd had dat hij binnen vierentwintig uur weer in vrijheid zou zijn.

'Maakt u zich daar maar geen zorgen over,' zei de heer Carmichael. 'Die weten wel hoe ze zich moeten redden.'

Hij hief zijn hoofd pas weer op toen hij merkte dat de burgemeester in het kantoor heen en weer begon te lopen. Toen slaakte hij een zucht en zei: 'Er blijft u nog een ander middel over, luitenant.' Voor hij verder ging keek hij hem aan met een zachte goedaardigheid in zijn ogen.

'Schiet me een kogel door mijn kop.'

Hij kreeg geen antwoord. Een ogenblik later lag de burgemeester in diepe slaap verzonken in zijn slaapkamer, terwijl de heer Carmichael weer naar zijn bankje was teruggekeerd.

Op maar twee huizenblokken afstand van het politiebureau voelde de sekretaris van de rechter zich gelukkig. Hij had de hele morgen achterin het kantoor zitten sluimeren, en zonder dat hij er iets aan had kunnen doen had hij de prachtige borsten van Rebeca de Asis gezien. Het was als een bliksemstraal midden op de dag: plotseling was de deur van de badkamer opengegaan en de betoverende vrouw, met alleen maar een handdoek om haar hoofd gerold, had een geluidloze kreet geslaakt en vervolgens haastig het raam gesloten.

Een half uur lang nog zat de sekretaris in het halfduister van het kantoor de bittere smaak van die zinsbegoocheling te ondergaan. Tegen twaalven deed hij de deur op het hangslot en ging weg om zijn herinnering iets te eten te geven.

Toen hij langs het telegraafkantoor kwam wenkte de postbeheerder hem. 'We krijgen een nieuwe pastoor,' zei hij. 'De weduwe van Asis heeft een brief aan de apostolische prefekt geschreven.'

De sekretaris wees hem terecht. 'De mooiste deugd van een man,' zei hij, 'is een geheim te kunnen bewaren.'

Op de hoek van het plein kwam hij de heer Benjamín tegen, die zich wel tweemaal bedacht voor hij over de plassen voor zijn winkel heen sprong. 'Als u eens wist,' begon de sekretaris.

'Wat?' vroeg de heer Benjamín.

'Niets,' zei de sekretaris. 'Dat geheim neem ik mee in het graf.'

De heer Benjamín haalde zijn schouders op. Hij zag de sekretaris met zo'n jeugdige behendigheid over de plassen heen springen dat hij zich ook in het avontuur stortte.

Tijdens zijn afwezigheid had iemand in het kamertje achter de winkel een etensdraagrek van drie afdelingen, met borden en couvert en een opgevouwen tafellaken neergezet. De heer Benjamín spreidde het tafellaken over de tafel uit en zette alles op zijn plaats om te gaan lunchen. Hij deed dit uiterst keurig. Eerst nam hij de soep, die geel was, met grote kringen van drijvend vet en een afgekloven been. In het andere bord at hij witte rijst, gestoofd vlees en een schijf gebakken yucca. Het begon warm te worden, maar de heer Benjamín lette er niet op. Toen hij klaar was met zijn middagmaal, de borden op elkaar had gestapeld en de vakjes van het etensdraagrekje weer op hun plaats had gezet, dronk hij een glas water. Hij wilde net de hangmat ophangen toen hij merkte dat er iemand de winkel binnenkwam.

Een trage stem vroeg:

'Is mijnheer Benjamín daar?'

Hij rekte zijn hals en zag een in het zwart geklede vrouw met een handdoek over haar haren en een askleurige huid. Het was de moeder van Pepe Amador.

'Ik ben er niet,' zei de heer Benjamín.

'U bent het,' zei de vrouw.

'Weet ik wel,' zei hij, 'maar dat is hetzelfde als dat ik er niet ben, want ik weet al waarvoor u me nodig hebt.'

De vrouw aarzelde voor het deurtje van de ruimte achter de winkel, terwijl de heer Benjamín de laatste hand legde aan het ophangen van zijn hangmat. Bij iedere ademhaling ontsnapte een teer gefluit aan zijn longen.

'Blijf daar niet staan,' zei de heer Benjamín op barse toon. 'Ga weg of kom verder.'

De vrouw ging op de stoel zitten die voor de tafel stond en begon zacht te snikken.

'Neem me niet kwalijk,' zei hij. 'U moet er rekening mee houden dat u mij kompromitteert als u daar blijft zitten waar iedereen u kan zien.'

166

De moeder van Pepe Amador ontblootte haar hoofd en droogde haar tranen met de handdoek. Louter uit gewoonte probeerde de heer Benjamín de sterkte van de touwen, toen hij de hangmat had opgehangen. Hierna wijdde hij zich aan de vrouw.

'Dus,' zei hij, 'u wilt dat ik een verzoekschrift schrijf.'

De vrouw knikte.

'Juist ja,' vervolgde de heer Benjamín. 'Dus u blijft in verzoekschriften geloven. In deze tijden,' verklaarde hij, zachter sprekend, 'wordt geen recht gedaan met papieren, maar met geweerschoten.'

'Dat zegt iedereen,' antwoordde ze, 'maar toevallig is het nu zo dat ik de enige ben die haar jongen in de gevangenis heeft.'

Terwijl ze sprak maakte ze de knopen in haar zakdoek, die ze tot op dat moment in haar hand geklemd hield, los en haalde er verscheidene bezwete bankbiljetten uit: acht pesos. Ze gaf ze aan de heer Benjamín.

'Het is alles wat ik heb,' zei ze.

De heer Benjamín bekeek het geld. Hij haalde zijn schouders op, nam de bankbiljetten en legde ze op de tafel. 'Ik weet dat het geen nut heeft,' zei hij. 'Maar ik zal het toch doen, alleen om God te bewijzen dat ik een koppig man ben.'

De vrouw bedankte hem en begon opnieuw te snikken.

'Hoe dan ook,' raadde de heer Benjamín haar aan, 'probeer gedaan te krijgen dat de burgemeester u met de jongen laat spreken, en probeer hem over te halen alles te zeggen wat hij weet. Anders kunnen we de verzoekschriften net zo goed voor de zwijnen gooien.'

Ze veegde haar neus af met de handdoek, legde hem opnieuw op haar hoofd en liep zonder om te kijken de winkel uit.

De heer Benjamín sliep tot vier uur. Toen hij naar de binnenplaats ging om zich te wassen, was het weer opgeklaard en de lucht was vol vliegende mieren. Nadat hij zich verkleed had en de weinige haartjes die hij nog bezat had gekamd, liep hij naar het telegraafkantoor om een vel gezegeld papier te kopen.

Hij liep naar de winkel terug om het verzoekschrift te

schrijven toen hij begreep dat er iets gebeurde in het dorp. Hij hoorde ver verwijderde kreten. Aan een groepje jongens die langs hem holden vroeg hij wat er aan de hand was en ze antwoordden hem zonder stil te blijven staan. Toen liep hij weer naar het telegraafkantoor en gaf het gezegelde papier terug.

'Het hoeft niet meer,' zei hij. 'Ze hebben net Pepe Amador gedood.'

Nog half slapend, met in zijn ene hand de koppelriem en met zijn andere het uniformjasje dichtknopend, was de burgemeester in twee sprongen de trap van de slaapkamer af. De kleur van het licht bracht zijn gevoel voor tijd in de war. Voordat hij wist wat er aan de hand was begreep hij al dat hij naar het politiebureau moest.

Waar hij langskwam werden de ramen gesloten. Een vrouw kwam halverwege de straat met wijduitgespreide armen op hem toe hollen. Er waren vliegende mieren in de klare atmosfeer. Nog altijd zonder te weten wat er gebeurde trok de burgemeester zijn revolver en begon te hollen.

Een groepje vrouwen probeerde deur van het politiebureau te forceren. Verscheidene mannen spanden zich in om het hun te verhinderen. De burgemeester stompte hen allemaal opzij, ging met zijn rug tegen de deur staan en richtte zijn revolver op hen.

'Wie één stap doet schiet ik neer.'

Een agent die er aan de binnenkant tegenaan gedrukt had opende de deur, met het geweer in de aanslag, en blies op een fluitje. Nog twee agenten kwamen naar het balkon, vuurden enige schoten in de lucht af, en de groep verspreidde zich naar beide uiteinden van de straat. Op dat ogenblik verscheen de vrouw, jankend als een hond om de hoek. De burgemeester herkende de moeder van Pepe Amador. Hij sprong naar binnen en beval de agent vanaf de trap.

'Zorg jij voor die vrouw.'

Binnen heerste een volledige stilte. In werkelijkheid wist de burgemeester pas wat er gebeurd was toen hij de agenten die de ingang van de cel versperden opzij duwde en Pepe Amador zag. Hij lag op de grond, in elkaar gekrompen, met zijn handen tussen zijn dijen. Hij was bleek maar er waren geen bloedsporen te zien.

Nadat hij zich ervan overtuigd had dat er geen enkele wond te zien was legde de burgemeester het lichaam met het gezicht naar boven, stopte de slippen van het hemd in de broek en knoopte de gulp dicht. Tenslotte maakte hij de broekriem vast.

Toen hij zich weer oprichtte had hij zijn vastberadenheid teruggekregen, maar in de uitdrukking waarmee hij de agenten aankeek was een begin van moeheid te zien.

'Wie heeft het gedaan?'

'Wij allemaal,' zei de blonde reus. 'Hij probeerde te vluchten.'

De burgemeester keek hem peinzend aan en gedurende enkele sekonden had hij het gevoel dat hij niets meer te zeggen had. 'Dat verhaaltje slikt geen mens meer,' zei hij. Hij liep met uitgestoken hand op de blonde reus toe.

'Geef me die revolver.'

De agent maakte zijn koppelriem los en gaf hem aan de burgemeester. Nadat hij de twee afgeschoten hulzen door nieuwe patronen vervangen had, stopte de burgemeester ze in zijn zak en gaf de revolver aan de andere agent. De blonde reus, die van dichtbij gezien verlicht scheen door een waas van kinderlijkheid, liet zich naar de aangrenzende cel leiden.

Daar kleedde hij zich geheel uit en gaf zijn kleren aan de burgemeester. Alles gebeurde zonder haast, en ieder wist welke handeling hem toekwam, als in een plechtigheid. Tenslotte sloot de burgemeester zelf de cel van de dode af en ging naar het balkon van de binnenplaats. De heer Carmichael zat nog altijd op het bankje.

Toen hij naar het kantoor gebracht was reageerde hij niet op de uitnodiging, te gaan zitten. Hij bleef voor het schrijfbureau staan, opnieuw in kletsnatte kleren, en bewoog ternauwernood zijn hoofd toen de burgemeester hem vroeg of hij goed over alles had nagedacht.

'Goed dan,' zei de burgemeester. 'Ik heb nog geen tijd gehad om te bedenken wat ik ga doen, en zelfs niet of ik iets ga doen. Maar wat ik ook doe,' voegde hij er aan toe, 'prent dit goed in je hoofd: of je wilt of niet, jij bent de pineut.'

De heer Carmichael bleef als betoverd voor het bureau staan, zijn kleren aan zijn lichaam geplakt en een begin van zwelling op zijn huid, alsof hij in zijn derde nacht als drenkeling nog niet boven was komen drijven. De burgemeester wachtte vergeefs op een teken van leven.

'Wel, geef je dan goed rekenschap van de situatie, Carmichael: wij zijn nu compagnons.'

Hij zei het ernstig, en zelfs met een beetje dramatiek. Maar het brein van de heer Carmichael scheen het niet op te nemen. Hij bleef onbeweeglijk voor het bureau staan, opgezwollen en triest, zelfs nog nadat de geblindeerde deur gesloten werd.

Voor het politiebureau hielden twee agenten de moeder van Pepe Amador bij haar polsen vast. Alle drie schenen uit te rusten. De vrouw haalde adem met een rustig ritme en haar ogen waren droog. Maar toen de burgemeester in de deuropening verscheen, stootte ze een hees gehuil uit en deed zo'n krachtige poging om zich los te rukken dat een van de agenten haar vrij moest laten en de andere haar met een judogreep onbeweeglijk tegen de grond gedrukt hield.

De burgemeester keek niet naar haar. Begeleid door een andere agent ging hij tegenover de groep staan die vanaf de hoek naar de worsteling stond te kijken. Hij richtte zich tot niemand in het bijzonder.

'Jullie allemaal,' zei hij, 'als jullie iets ergers willen voorkomen, breng dan die vrouw naar haar huis.'

Nog altijd door de agent begeleid, baande hij zich een weg door de groep en liep naar het gerechtsgebouw. Hij zag er niemand. Toen liep hij naar het huis van rechter Arcadio, duwde zonder kloppen de deur open en schreeuwde:

'Rechter.'

De vrouw van rechter Arcadio, uitgeput door de sombere stemming van de zwangerschap, antwoordde in het halfduister:

'Hij is weg.'

De burgemeester bleef op de drempel staan.

'Waarheen?'

'Waar zou hij heen moeten,' zei de vrouw, 'naar die verdomde hoer natuurlijk.'

De burgemeester wenkte de agent verder te komen. Ze liepen zonder een blik op haar te werpen langs de vrouw. Nadat ze de slaapkamer overhoop gegooid en gezien hadden dat er nergens mannenkleren lagen, keerden ze naar de salon terug.

'Wanneer is hij weggegaan?' vroeg de burgemeester.

'Twee nachten geleden,' zei de vrouw.

De burgemeester had een langdurig stilzwijgen nodig om na te kunnen denken.

'Die hoerezoon,' schreeuwde hij plotseling. 'Hij mag zich vijftig meter onder de grond verstoppen; hij mag weer de buik van zijn hoeremoeder binnengaan, maar we halen hem eruit, dood of levend. De regering heeft een zeer lange arm.'

De vrouw zuchtte.

'God verhore u, luitenant.'

Het begon donker te worden. Er stonden nog groepjes mensen bij de hoeken van het politiebureau, op een afstand gehouden door de agenten, maar de moeder van Pepe Amador hadden ze meegenomen en het dorp scheen rustig.

De burgemeester liep regelrecht naar de cel van de dode. Hij liet een stuk zeildoek brengen, en geholpen door de agent zette hij het lijk de pet en de bril weer op en wikkelde het in het zeildoek. Hierna zocht hij op alle mogelijke plaatsen van het politiebureau naar eindjes touw en ijzerdraad en bond het lichaam spiraalvormig van de hals tot de enkels vast.

Toen hij klaar was zweette hij, maar hij zag eruit alsof hij van iets genezen was. Het was alsof hij het gewicht van het lijk fysiek van zich had afgewenteld.

Toen pas stak hij het licht in de cel op. 'Ga de spa, de schop en een lamp halen,' beval hij de agent. 'Daarna roep je González, dan gaan jullie naar het achtererf en graven een flink diep gat in het achterste deel, waar het het droogst is.'

'En prent een ding voor je hele leven lang in jullie kop,' besloot hij: 'die jongen is niet dood.'

Twee uur later waren ze nog niet klaar met het graven van de grafkuil. Vanaf het balkon vergewiste de burgemeester zich ervan dat er niemand op straat was, behalve een van zijn agenten die van de ene hoek tot de nadere wachtliep. Hij stak het licht van de trap aan en ging in het donkerste hoekje van het vertrek liggen rusten. Ternauwernood hoorde hij het met tussenpozen klinkende geroep van een verre roerdomp.

De stem van pater Angel rukte hem uit zijn gepeins. Hij hoorde dat hij zich eerst tot de wachtlopende agent richtte, vervolgens tot de agent die hem begeleidde en tenslotte herkende hij ook de andere stem. Hij bleef gebogen in de vouwstoel zitten, tot hij opnieuw de stemmen, nu in het politiebureau, en de eerste voetstappen op de trap hoorde. Toen strekte hij in het donker zijn linkerarm uit en greep de karabijn.

Toen hij hem bovenaan de trap zag opdoemen, bleef pater Angel staan. Twee treden lager stond dokter Giraldo, met een kort, wit, gesteven voorschoot en een koffertje in zijn hand. Hij ontblootte zijn scherpe tanden.

'Het spijt me verschrikkelijk, luitenant,' zei hij op opgewekte toon. 'Ik heb de hele middag zitten wachten of u me zou laten halen voor de lijkschouwing.'

Pater Angel richtte zijn doorschijnende, zachtaardige ogen op hem en vervolgens weer op de burgemeester. Ook de burgemeester glimlachte.

'Er is geen lijkschouwing,' zei hij, 'want er is geen lijk.'

'Wij willen Pepe Amador zien,' zei de pastoor.

De burgemeester hield de karabijn met de loop naar beneden gericht en wendde zich opnieuw tot de dokter. 'Dat zou ik ook wel willen,' zei hij. 'Maar er is niets aan te doen.' Hij glimlachte niet meer toen hij zei: 'Hij is gevlucht.'

Pater Angel kwam nog een tree hoger. De burgemeester hief de karabijn. 'Kalmpjes aan, pater,' waarschuwde hij.

Ook de dokter kwam een tree hoger. 'Luister eens goed, luitenant,' zei hij, nog altijd glimlachend, 'in dit dorp kunnen geen geheimen bewaard blijven. Vanaf vier uur vanmiddag weet iedereen dat ze met die jongen hetzelfde gedaan hebben als wat don Sabas met de ezels deed die hij verkocht.'

'Hij is gevlucht,' zei de burgemeester.

Doordat hij de dokter in het oog hield, had hij maar nauwelijks de tijd om op zijn hoede te zijn toen pater Angel met zijn armen omhoog twee treden tegelijk naar boven kwam.

De burgemeester schoof met de zijkant van zijn hand met een korte tik de veiligheidspal weg en ging wijdbeens voor hen staan.

'Halt,' schreeuwde hij.

De dokter greep de pastoor bij de mouw van zijn soutane. Pater Angel begon te hoesten.

'Laten we eerlijk spel spelen, luitenant,' zei de dokter. Zijn stem werd voor het eerst sinds lange tijd hard. 'We moeten die lijkschouwing doen. Nu gaan we het mysterie ophelderen van de hartaanvallen waar de gevangenen in deze gevangenis aan overlijden.'

'Dokter,' zei de burgemeester, 'als u zich durft te verroeren van de plaats waar u bent schiet ik u neer.' Hij wendde ternauwernood zijn blik af naar de pastoor. 'En u ook, pater.'

De drie mannen bleven onbeweeglijk staan.

'Bovendien,' vervolgde de burgemeester, zich tot de priester wendend, 'moest u blij zijn, pater; die jongen was degene die de schotschriften aanplakte.'

'In Gods heilige naam,' begon pater Angel.

Een krampachtige hoestbui verhinderde hem verder te gaan. De burgemeester wachtte tot de aanval voorbij was.

'Luister goed,' zei hij toen, 'ik begin te tellen. Als ik tot drie geteld heb, begin ik met gesloten ogen op die deur te schieten. Weet dat van nu af aan en voor altijd,' waarschuwde hij in het bijzonder de dokter, 'het is nu geen tijd voor grapjes meer. We zijn in oorlog, dokter.'

De dokter trok pater Angel bij zijn mouw mee. Hij begon naar beneden te gaan zonder de burgemeester de rug toe te draaien, en plotseling begon hij hartelijk te lachen.

'Zo bevalt u me, generaal,' zei hij. 'Nu beginnen we elkaar tenminste te begrijpen.'

'Eén,' telde de burgemeester.

Het volgende getal hoorden ze al niet meer. Toen ze op de

hoek van het politiebureau uit elkaar gingen, was pater Angel volkomen terneergeslagen, en hij moest zijn gezicht afwenden omdat zijn ogen vochtig waren. Dokter Giraldo gaf hem een klopje op zijn schouder en glimlachte nog steeds. 'Wees maar niet verbaasd, pater,' zei hij. 'Zo is het leven nu eenmaal.' Toen hij de hoek van zijn huis omsloeg keek hij bij het licht van de lantaarn op zijn horloge: het was kwart voor acht.

Pater Angel kon niet eten. Nadat het sein voor de avondklok gegeven was, ging hij zitten om een brief te schrijven, en hij zat tot na middernacht over zijn schrijftafel gebogen, terwijl de zachte regen de wereld om hem heen uitwiste. Hij schreef op onverbiddelijke wijze, maakte volkomen gelijke letters met een neiging tot het precieuze, en hij werkte met zoveel hartstocht dat hij zijn pen soms pas weer indoopte als hij al twee onzichtbare woorden geschreven had doordat hij met de droge pen over het papier kraste.

De volgende dag, direkt na de mis, bracht hij de brief naar de post hoewel hij pas vrijdag verzonden zou worden. In de morgen was de lucht vochtig en bewolkt, maar tegen het midden van de dag werd de hemel doorschijnend klaar. Een verdwaalde vogel verscheen in de binnenplaats en wipte een half uur lang met kleine invalidensprongetjes tussen de nardussen. De vogel zong een opklimmend wijsje en ging telkens een hele oktaaf hoger, tot de toon zo schril werd dat je het alleen nog maar in je verbeelding kon horen.

Tijdens de avondwandeling had pater Angel de zekerheid dat hij de hele middag door een herfstige geur achtervolgd was. In het huis van Trinidad, terwijl hij met de herstellende zieke een triest gesprek voerde over de ziekten van oktober, meende hij de geur te herkennen die op een avond Rebeca de Asis in zijn werkkamer had uitgestraald.

Op de terugweg had hij het gezin van de heer Carmichael bezocht. Zijn vrouw en zijn oudste dochter waren wanhopig, en telkens als ze het over de gevangene hadden sloeg hun stem over. Maar de kinderen waren blij zonder de strengheid van hun papa en probeerden het konijnenpaar dat de weduwe van Montiel hun had laten brengen uit een glas te laten drinken. Plotseling had pater Angel het gesprek onderbroken en terwijl hij met zijn hand een teken in de lucht vormde, gezegd:

'Ik weet het al: het is akoniet.'

Maar het was geen akoniet.

Niemand sprak over de schotschriften. In het geweld van de laatste gebeurtenissen vormden ze ternauwernood een pittoreske anekdote uit het verleden. Pater Angel merkte het tijdens zijn avondwandeling en na het avondgebed, toen hij in zijn werl·kamer met een groep katholieke dames converseerde.

Toen hij alleen was kreeg hij honger. Hij maakte schijfjes gebakken banaan en koffie met melk klaar, en at er een stuk kaas bij. De bevrediging van de maag deed hem de geur vergeten. Terwijl hij zich uitkleedde om naar bed te gaan, en daarna in het beddekleed, terwijl hij de muskieten verjoeg die de insektenspuit overleefd hadden, boerde hij enkele malen. Hij had het zuur, maar zijn geest was vredig.

Hij sliep als een heilige. Hij hoorde, in de stilte van de avondklok, de opgewonden fluisteringen, het inleidende stemmen van de door de ochtendkou hard geworden snaren, en tenslotte een lied uit andere tijden. Om tien voor vijf merkte hij dat hij leefde. Hij ging met een indrukwekkende krachtsinspanning rechtop zitten, wreef zich met zijn vingers over zijn oogleden en dacht: 'Vrijdag eenentwintig oktober.' Daarna herinnerde hij zich hardop: 'Heilige Hilarius.'

Hij kleedde zich zonder zich te wassen en zonder te bidden. Nadat hij de lange knopenrij van zijn soutane in orde had gemaakt, trok hij de gebarsten schoenen voor dagelijks gebruik aan, waarvan de zolen los begonnen te raken. Toen hij de deur opende die op de nardussen uitkwam herinnerde hij zich de woorden van een liedje.

'In jouw droom zal ik blijven tot mijn dood,' zuchtte hij.

Mina duwde de deur van de kerk open terwijl hij de eerste klokslag luidde. Ze liep naar de doopvont en zag dat de kaas onaangeroerd was en dat de vallen nog gespannen waren. Pater Angel opende de deur die op het plein uitkwam.

'Wat een pech,' zei Mina terwijl ze de lege kartonnen doos schudde. 'Vandaag zit er geen eentje in.'

Maar pater Angel lette er niet op. Een schitterende dag kondigde zich aan, met een haarscherpe atmosfeer, als een voorteken dat ook dit jaar, ondanks alles, december precies op tijd zou komen. Nooit was het zwijgen van Pastor hem zo definitief voorgekomen.

'Gisteravond was er een serenade,' zei hij.

'Van lood,' bevestigde Mina. 'Tot voor kort hebben de schoten geknald.'

De pater keek haar voor het eerst aan. Ook zij, uitzonderlijk bleek, precies als de blinde grootmoeder, droeg de blauwe sjerp van een lekencongregatie. Maar anders dan Trinidad, die een mannelijke aard had, begon bij haar een vrouw te rijpen.

'Waar?'

'Aan alle kanten,' zei Mina. 'Het schijnt dat ze als krankzinnigen naar klandestiene blaadjes hebben gezocht. Ze zeggen dat ze de vloer van de kapsalon hebben weggehaald, zomaar toevallig, en dat ze er wapens hebben gevonden. De gevangenis zit vol, maar ze zeggen dat de mannen de bergen in getrokken zijn en dat er overal guerrilla's zijn.'

Pater Angel zuchtte.

'Ik heb nergens iets van gemerkt,' zei hij.

Hij liep naar de achterkant van de kerk. Ze volgde hem zwijgend tot aan het hoofdaltaar.

'En dat is nog niets,' zei Mina: 'gisteravond, ondanks de avondklok en ondanks al die kogels...'

Pater Angel bleef staan. Hij richtte zijn zuinige, onschuldig blauwe ogen op haar. Ook Mina bleef staan, met de lege doos onder haar arm, en ze begon nerveus te glimlachen voordat ze haar zin afmaakte.